Érase una vez el fin

Pablo Rivero

Érase una vez el fin

EDITORIAL ANAGRAMA

BARCELONA

Ilustración: «Sin título (2)», Juan Botas,
Museo Casa Natal de Jovellanos, Gijón

Primera edición: enero 2016

Diseño de la colección: Julio Vivas y Estudio A

© EDITORIAL ANAGRAMA, S. A., 2016
   Pedró de la Creu, 58
   08034 Barcelona

ISBN: 978-84-339-9804-0
Depósito Legal: B. 27036-2015

Printed in Spain

Reinbook Imprès, sl, Passeig Sanllehy, 23
08213 Polinyà

Alguien me arrastra en medio del caos. Parece rezar una sencilla oración mientras sus manos sujetan mis tobillos y crujen los huesos como si se quisieran despegar los unos de los otros. Hay gritos de mujeres y música, es la *Gran polonesa brillante* de Chopin. La emoción es tan inmensa que intento abrir los ojos otra vez para ver si puedo ver alguna estrella allí en lo alto, mientras las notas se precipitan sobre mí igual que el granizo demoledor de la primavera, el que destruye flor y fruto, el copo traidor que ya nadie espera.

No sé dónde estoy, es una especie de túnel cálido y seco, pero mi camisa está empapada y mi cerebro mareado, lento, borracho. No distingo si la persona que tira de mí me guía hacia la luz o hacia lo negro. A un lado, resplandecen las palabras, que van desfilando como en un interminable poema sobre imágenes que no logro descifrar, al otro, la más inhóspita oscuridad. Tropieza mi cuerpo con objetos contundentes, patas de asientos, piernas, y, entre tanto, van rodeándome cada vez más personas, como los lobos momentos antes de un festín.

Toco en la cafetería de un hotel de siete a tres. No me permiten fumar ni beber, pero sobre el piano siempre tengo una botella de whisky y un vaso medio vacío que mitiga el dolor que me causa lo que veo mientras lleno las teclas de ceniza. Levanto la cabeza sólo para respirar y las colillas se me mueren en los mismísimos dientes y todas las camareras guapas me quieren esperar cuando acaba la jornada. Me ponen notas bajo el vaso: te espero en la 204..., o en la 122, o en el cuarto de la plancha, pero no les hago caso o se corre la tinta con la humedad del vidrio antes de que me dé tiempo a pensarlo. Antes, tocaba las canciones de Lou Reed o Leonard Cohen, también las de Nick Cave y Tom Petty y P J Harvey, o tocaba a Haendel mientras recitaba con mala memoria algún poema de Carver, y los amantes de la noche, los hombres solos o las putas o las parejas de yonquis que aún se querían o escapaban del frío, lloraban y aplaudían en la sala con sus ojos vidriosos clavados en mí, como si Dios les hubiera otorgado el don de la misericordia eterna. Las noches se me pasaban volando entre alcohol, humo y la transubstanciación del desencanto en esperanza. Ahora, después de la reforma, después de un poco de pintura, cristal, acero inoxidable y una estrella de mentira, deseo fervientemente que cada noche sea la última. Ya no bajan las personas después de acostarse para oírme y las cuatro que lo hacen me interrumpen con impudicia para pedir que toque *Yesterday* o *Brasil* y ni siquiera se rozan con las manos al escuchar *La vie en rose* que Édith Piaf hizo famosa. El botones, no obstante, opina que tengo suerte porque me pagan a diario, pero lo poco que me dan lo gasto al salir de trabajar y llego a casa sin un duro. Mi madre cree que no trabajo, y que salgo cada noche a pasear con las manos en los bolsillos pateando las piedras del camino o a revolver la basura con los gatos.

En la época del hotelucho tocaba hasta el amanecer o hasta que el gerente me cerraba la tapa encima de los dedos. Le decía: «Se ha roto la cuerda del *la* sostenido», y el hombre se apresuraba a pagarme y me serenaba con disculpas que nunca se cumplían, harto de ver el salón repleto de desgraciados remolones. Hacía tantos años ya que se mantenía la tradición del piano en la cafetería que la gente de la ciudad lo conocía como el Hostal del Piano. Ahora, en estos nuevos tiempos, soy yo quien se levanta al filo de cumplirse la jornada. Cuando deja de oír la música, el gerente se esconde, y tengo que perder el tiempo buscándole por los pasillos, le extiendo la mano y, como es un cobarde, una vez que me alejo me advierte de que tal vez mañana no precise mis servicios, y siempre lo mismo.

Camino de ninguna parte, en medio de la noche, visito los mismos lugares de forma rutinaria. Me gustan esos sitios de azulejos donde todo sigue igual, donde hace tiempo que no se han gastado un duro, lugares llenos de bizcos y peluquines polvorientos y jerséis rancios y escasos con olor a naftalina, lugares donde camareros con rencor de clase, nada más divisarte tras un cristal sin limpiar, te ponen la copa en la barra, en el mismo sitio, me atrevería a jurar que casi sobre el mismo poso de la noche anterior, y te sientas y bebes en silencio o, si lo prefieres, charlas con alguien y, a medida que hablas, descubres que estás diciendo lo mismo que la última vez y a las mismas personas, y eso me merece el mayor de los respetos. En los bares de azulejos no hay mujeres, y si las hay, son como hombres y los hombres son siempre los mismos. Tienen un fondo tan profundo que si les arrojásemos piedras a su interior, tardaríamos siglos en oírlas chapotear contra sus almas.

De todas las noches en las que me pierdo después de trabajar, las que más me gustan son las de diciembre, cuando el sol se aleja de la tierra como yo de mi futuro y el cielo se limpia y casi puedo masticar el oxígeno aunque haya acabado de fumar otra cajetilla. Me siento en el banco más elevado del parque y contemplo a las putas desde una cierta distancia para poder escuchar cómo deshacen la helada con sus tacones, chaf, chaf, chaf, mientras pasean de un lado para otro, y viéndolas me pongo a recordar Varsovia, sí, Varsovia, el día en que llegué, en diciembre, y todo estaba blanco menos la carretera, que era una mancha oscura y alargada que se proyectaba hasta el horizonte, decorada en sus márgenes por hermosas mujeres en biquini que me enseñaban la lengua y se chupaban los labios a medida que pasaba a su lado, sumergido en el asiento de atrás de un taxi desvencijado a catorce bajo cero. No hubo nunca mayor muestra de amor, ninguna mejor bienvenida, que contemplar semejante sucesión de rostros hermosos, ver cómo caía la nieve sobre sus cuerpos desnudos, cómo los copos se fundían al contacto con la piel dejándolas mojadas. Qué hermosura notar cómo arde una mujer mientras nieva sobre ella.

Vengo aquí después de trabajar para ver si entre estas putas encuentro los rostros de aquéllas, un atisbo de toda aquella gratitud, del derroche de la belleza, del esplendor de la nieve y la palidez, y nunca encuentro nada. Gritan y se pelean entre ellas, esperan las luces lejanas de los coches como enjambres de insectos oscuros y duros, repelentes. Sólo tengo ante mí tiniebla y miseria, zafiedad y mentira, mujeres que son hombres y mean de pie sobre la raíz de los árboles, sujetándose la polla entre las sombras. Entonces vomito y el frío se apodera de mí y sólo el discurrir del coñac arrasándome el esófago, diluyendo la nieve del recuerdo, y la adrenalina de una buena mano de cartas hacen que me vuelva a escapar de mi cabeza y me ponga a caminar rumbo al agujero.

El agujero es un zulo de pladur bastante grande, construido ilegalmente en el fondo de un parking lleno de charcos y eco. Sirve de almacén a un puticlub de tercera que hay en los bajos del edificio, adosado a los nichos donde se folla. Consta de un pasillo alargado hecho a base de antiguas cajas de refrescos, que desemboca en una estancia más o menos amplia pero atestada de sillas y mesas apiladas, mobiliario apolillado y cortinones, cacharros y estanterías llenas de polvo tras las cuales se cambian los maricas antes de actuar. En el centro hay una mesa rescatada de la pila sobre la que pende un cable untado en nicotina y una escasa bombilla de 60 vatios, y encima de una de las estanterías, la vieja tele que nunca se apaga, punteada al satélite del edificio y donde únicamente han sintonizado el canal porno. Para acceder al agujero hay que arrojarse a unas escaleras oscuras y empinadas, sujetarse con cuidado a la barandilla de hierro, corrompida por orines de borracho, y aguantar la respiración para que el profundo olor no te cause la náusea.

Los fines de semana son terreno acotado para los profesionales, los chulos con dinero y los constructores y empresarios que necesitan sentirse tipos duros tras su fracaso social en otros ambientes, pero durante la semana la partida es media, está frecuentada por camareros con vicios y aficionados de medio pelo, holgazanes y buscavidas. Puedes entrar con diez mil pesetas, aunque sabes de antemano que si en dos o tres jugadas no tienes suerte, estás

14

fuera. En la puerta hay un timbre impregnado por las sucias huellas del fracaso. Sólo se pulsa una vez y se espera lo que haga falta, si es un minuto, bien, si son cinco, lo mismo, y si tardan media hora te aguantas, nadie se levanta en medio de una mano. No puedes impacientarte, debes esperar aunque te hieles de frío, porque si vuelves a llamar lo más probable es que Joaquín espachurre su cigarro contra el cenicero, se levante, te abra la puerta y te rompa el dedo índice aunque sea la primera vez que lo haces. Joaquín fue policía y segurata y hasta hace un año matón en una discoteca de polígono. A menudo, la discoteca y los jóvenes adolescentes rebasaban su escasa paciencia y Joaquín se llenaba de ansiedades y de angustia y, en ese luchar contra sí mismo, abría y cerraba los puños, subía y bajaba los hombros sujetándose las solapas del abrigo y hacía crujir los huesos del cuello meneándolo de un lado para otro. Así, hasta que un día dos mocosos que vendían pastillas en el váter, envalentonados por el éxtasis, se rieron de su bigote y lo llamaron garrulo. Con la pericia de los años y la experiencia de quien ha recorrido los subterfugios más oscuros de la vida, Joaco sacó a los dos valientes por la puerta de atrás, y luego los mató en la calle, detrás de unos contenedores de basura. Les pisó la cabeza apurando un cigarrillo hasta que los sesos asomaron por las orejas y la boca y las fosas de las narices y sus deteriorados intelectos se fundieron en un cálido abrazo con el asfalto. Ahora, Joaquín se escapa de la ley en el agujero y no sale de allí. Apenas duerme un par de horas en un catre, detrás de unas botellas, y vigila que todo marche bien y que nadie olvide las normas, es el juez de la mesa y el que acepta o no los pagarés. Volver a tratar con hombres le ha devuelto a sus cabales.

Hoy hay sitio. Me sientan al lado de Robles, un cocainómano sin vuelta atrás. Robles trabaja en una sidrería. Lleva las zapatillas llenas de serrín y los bajos del pantalón encharcados de sidra. No me gusta jugar a su lado porque huele a sudor y cada seis o siete manos se levanta para ir al retrete. Si pierde, incluso menos, y aunque en la mesa del agujero los otros vicios de los hombres deben quedar bien atados en una habitación oscura de nuestras mentes, a Robles le permiten ausentarse cada poco para que afile sus narices sobre la tapa del váter porque está enfermo. Frente a mi están Joaquín y Corella, camello de barrio al que no caigo muy bien, y al otro lado Fangio, un fontanero al que le tocó una loto gigante, se compró el Mercedes más grande que había y se metió tal hostia que se quedó paralítico. Fangio no es mal tío, podría jugar la partida gorda, la del fin de semana, pero después del accidente se ha hecho un agarrado. Su juego es conservador y, por lo tanto, suele perder. Todos saben que si va, lleva buenas cartas. De este modo, cuando apura la apuesta se queda solo. Contrata furcias baratas por día para que le empujen la silla. Viejas acabadas o drogadictas. La de hoy parece borracha, es una gorda de un metro cincuenta con minifalda, tiene un diente arriba y dos abajo y cuatro pelos sujetos con una diadema de terciopelo.

En el canal porno dan sadomasoquismo. Una china amarrada a una cadena es azotada por un cachas con la cara cubierta por una máscara. Mandan a la gorda que suba el volumen. En el agujero sólo se sube el volumen de la tele para oír cómo sufren las mujeres.

–Voy.

–Yo también.

–Y yo. –La cosa empieza bien, tengo dos sietes y el comodín y aún falta el descarte.

Voy ganando. No miro el reloj. La primera vez que lo hago son las diez de la mañana. Corella me ha dado la primera sacudida de importancia, su escaso póquer de treses ha superado mi *full* de ases y me ha dolido. En el póquer con comodines, el *full* es como una droga para críos, un caramelo; los jugadores novatos como yo caemos fácilmente en la falsa satisfacción que esa combinación ofrece desde un principio, *la mano llena*. «No debí subir tres veces seguidas», pienso, mientras alguien propone un receso para descansar o tomar un refrigerio. Fangio no tiene sueño, la pasta nunca se le acaba, insiste en comer algo mientras la gorda se esfuerza para sentarle en el váter. Robles nunca duerme, la cocaína le ha destruido esa capacidad, sólo piensa en retomar pronto el juego e intentar recuperar. A Corella se le ha equilibrado la partida con la última mano y opta por descansar un poco, igual que yo, que me he quedado a pre, más o menos.

Joaco propone una hora de descanso y nos abre la puerta que lleva al pasillo de los catres para que nos echemos un rato si queda alguna cama libre. Eso sólo ocurre los días flojos del profundo invierno, cuando las varietés se han terminado y, una vez amanecido, la mayoría de los clientes han retornado mansos al calor de sus hogares. Las puertas están abiertas y, a medida que avanzo por el pasillo en busca de un rincón donde aparcar mi vileza, la del jugador, voy contemplando los cuerpos quietos de mujeres que respiran como si no quedara más aire en el mundo. Mirándolas, me parece ver cómo regresan las almas al encuentro de sus cuerpos en el único momento en que son dignos. Así, tan mansas y desnudas, imagino que sueñan con un mundo donde el amor es gratuito. Pero no soy ningún poeta, Corella tampoco, y se lanza al escaso hueco que existe entre dos putas que duermen abrazadas. Sólo al final del túnel queda un lugar libre, una habitación llena de moho y con la cama deshecha. Me tiro sobre ella y me encojo de costado notando cómo la humedad de otros cuerpos me fagocita poco a poco las entrañas y el olor a semen y a vagina sucia me anestesia con la cadencia hipnótica de un bidé goteante...

Sueño que vuelo, y desde el cielo diviso a los demás. Tienen casas con techos de cristal y sus miserias quedan al descubierto. Una madre amamanta murciélagos, y desciendo; al verme, huyen volando, golpeando sus alas negras contra los cristales. Los pechos de la mujer quedan al descubierto, ensangrentados. No sé si están heridos o efectivamente brota de ellos el líquido rojo de la vida...

Dos pezones puntiagudos se clavan en mi espalda, alguien se roza desnudo contra mí. Una de las hembras del burdel se ha acostado a mi lado. Me incorporo con brusquedad zafándome de ella. Se la ve molesta, aun así abre las piernas a escasos centímetros y sonríe, pero yo me enjuago la cara en el bidé y me voy. Sus insultos me acompañan pasillo adelante, tienen la malvada profundidad de Sudamérica: «¡Maricón! ¡Hijo de puuuta!» Los de la mesa se ríen, me he quedado dormido. Vuelvo a no saber qué día es, y, lo peor, vuelvo a la mesa. Tras siete manos no logro conseguir ni un maldito trío, no se puede jugar a las cartas con la espesura de un sueño interrumpido y un cuerpo mal reconfortado. En poco tiempo, mi deuda con Corella alcanza aproximadamente los novecientos cincuenta euros. Lo descompongo en seiscientos más trescientos porque aún funciono en pesetas. Joaco ha aceptado mis pagarés porque me considera un buen tío o tal vez un desgraciado, pero me voy, lo digo con una mezcla de seriedad y resignación. Antes de abrir la puerta alguien me grita: «¡Recuerda que son tres días!»; ni siquiera contesto.

La calle huele diferente al agujero. Podrían ser las siete de la tarde o el mediodía de una mañana nublada. Temo que alguien me reconozca saliendo de allí, alguien de los pocos que nos conocen, de los que nos consideran una familia de bien, de personas honradas, aunque la honradez de los pobres es un término un tanto ambiguo, adosado al de compasión por una delgada línea. Si supiera a ciencia cierta que me compadecen, nada me avergonzaría, saldría del agujero con la cabeza bien alta, como si lo hiciera de la iglesia, y les diría diligentemente buenos días a todos esos miserables que en su escasez se creen mejores que los demás, más dignos. Miro al cielo en busca de una torre con reloj, y pierdo el tiempo por la calle hasta la hora del suplicio. Los niños se arrastran agarrados a la mano de sus madres, que fuman ajenas al peso de sus espaldas. Antes había cuatro o cinco libros espesos, concentrados, ahora hay diez llenos de un vacío que lastrará sus vidas como plomo. Ya no saben nada, recortan y pintan y manejan computadoras y tienen teléfonos sin hilos que llevan a todas partes con los que se mandan mensajes ininteligibles. No hacen deberes y tampoco suspenden, ni repiten, ni van a un profesor particular a punto de terminar la carrera en su barrio.

Ha vuelto mi madre al recuerdo poniendo una pota roja de lentejas sobre el hule amarillento de la mesa, y cómo nos advertía, con la astucia parcial de quien siempre ha sido pobre, de lo bien que se portaba Luis Selirio y lo mucho que estudiaba mientras su madre se partía las rodillas fregando portales y perdía las uñas por los peldaños de la escalera de tanto escurrir trapos anegados en lejía.

Luis Selirio, que heredaba agradecido nuestra ropa usada, una ropa usada que ni siquiera nosotros aceptábamos con gusto siendo nueva, murió de sida hace unos días a pocos metros de todos los padres que no tuvo y que tanto le deseaban, tirado como un perro, envuelto en una caja de cartón húmedo. Era el primero de una larga lista de infelices con la que nuestra madre nos martirizaba. Sentado en un banco de la calle, apurando las últimas caladas de un cigarrillo barato, repaso otra vez esa lista donde, al contrario de lo que ella opinaba, casi nadie ha triunfado, y los que lo han hecho se han vuelto tan rencorosos y mezquinos como todo lo que ansiaban. Esa noche, esa noche desprendida de algún día al que he renunciado vivir, sin cenar, agotado, sucio, me siento al piano y toco lleno de rabia toda la basura que se me ocurre. Por primera vez la gente aplaude y consume de acuerdo con los estudios de márketing. Les miro mientras golpeo furioso las teclas y pienso: «Queréis mierda, pues ahí la tenéis, rebozaos en ella, cerdos.» Surgen las melodías de moda una tras otra y, de entre todos los ignorantes que allí se dan cita, solamente siento respeto y envidia por un gordo envuelto en oro que soba con placer a una menor con ínfulas de actriz sin prestar la menor atención a la música. Entonces desfila por mi conciencia la frase «Va por ti, maestro», y me despido antes de tiempo con las notas de *Insensatez* de Antônio Carlos Jobim, pareciéndome advertir que hasta entornaba los ojos. Es la primera vez que me felicitan por cumplir bien con el trabajo e incluso me instan a repetir lo mismo en sucesivas ocasiones, lo que me anima a dejar de tocar para siempre, a no volver a poner mis manos sobre un piano y a sacrificar antes los dedos en un ritual redentor estrellándolos en alguna cara de hijo de puta, de ignorante, de adulto sin aficiones, de vendedor de coches trajeado, de ventanillero de banco o de la administración, de policía municipal con gorrita y sin estudios, de algún nuevo rico al que le da por ser experto en vinos... Voy pasado de vueltas, hoy no puedo ir a jugar. Debo dinero y no he descansado desde sabe Dios cuándo, no obstante me daré un paseo por el parque para ver si alguna eslava se sienta a mi lado y, evocando Polonia, se desvanece mi odio.

En esta noche que me llega de golpe, difuminada como todas las que perdí, el suelo del parque parece una extensa radiografía llena de huesos blancos destellantes y manchas negras insensibles a los rayos X. Sopla viento sur y hay luna llena. Los árboles parecen clamar al cielo con sus brazos desnudos más altos que nunca, tanto que alguna de las nubes que pasan sobre ellos a gran velocidad se queda enganchada en sus ramas agitándose, incapaz de desprenderse. «Es una bandera», pienso, es la bandera plateada de los ejércitos nocturnos. Me froto los ojos, casi no respiro. Huele a gasolina. Tengo un ataque de ansiedad incontrolable. Las ramas se proyectan en el suelo multiplicadas por tres, agitadas por el viento, y los rostros surgen y se esconden como rayos navegando entre luz y tiniebla. Han prendido fuego a la vieja cantina de madera. Tres chavales que huyen pasan a mi lado corriendo. El del chándal amarillo aún lleva el resplandor de las llamas grabado en sus ojos.

Me he despertado algo confuso. Me he desvelado continuamente repasando la partida. No recuerdo exactamente cuánto debo. No sé si preocuparme o seguir como si nada, el caso es que de no ser por el chacachaca característico de la máquina de coser, no sabría decir ni dónde estoy, pero el olor de mi casa y el ruido han terminado por ubicarme. No me apetece recalentar un potaje, tengo ganas de devolver, como casi siempre. La nevera está llena de restos que tarde o temprano habrá que aprovechar, aquí no se tira nada, soy hijo de sufridores y nieto de hambrientos. De camino al sofá veo a mi madre trabajando en su nuevo vestido, «habrá algún evento en la parroquia», recapitulo. Los copia de las revistas quemándose los ojos luego y punzándose las manos con telas de imitación al peso. En la tele contemplo por sorpresa que, en uno de esos sillones de colores donde una cuarentona feminista mal follada exorciza en serie a una ristra de palurdas, está sentada Primi.

No hay nadie más puta que Primi en esta maldita ciudad.

El único hombre que la quiso, su primer novio, el primer amor, jamás se recuperó de la ruptura. Dejó la carrera en quinto de ingeniería, se encerró en su cuarto, negó la palabra a sus padres y al mundo y, de vez en cuando, le escuchábamos romper la vajilla invadido por los recuerdos que unos cuantos psiquiatras trataban de apilar en un rincón a base de cócteles de pastillas que le hacían babear.

Antes, le sacaban a pasear de vez en cuando, envuelto en mantas. Por el parque. A la vera del mar. Lejos de los horarios de los viejos y los prejubilados de las cuencas del carbón, que atestaban el paseo con marcha marcial y burda y altanera tertulia. Cuando eso ocurría y oíamos la puerta del tercero, las órdenes y susurros en voz alta de sus viejos, entonces muchos nos asomábamos para verle avanzar titubeante calle abajo, con su mirada vacua y sus zapatillas de cuadros, flanqueado por los cuerpos prematuramente gibosos de sus padres, y un manto de nostalgia y de tristeza empañaba los cristales del edificio a medida que su frágil silueta se iba haciendo más pequeña. «Ahí va Vicente, el ingeniero», parecía que pensaran los mayores, pero nosotros, que habíamos crecido en su salón al amparo de su voz y de una fotocopia de la tabla periódica sujeta en el marco de una Última Cena de alpaca, recordábamos los minutos que pacientemente nos concedía para armar cante o contar batallas de patio de colegio, su templanza a la hora de mantener en secreto nuestros suspensos o cómo les devolvía el sobre a Sixto o a Eladio en los umbrales oscuros del pasillo, porque Sixto y Eladio y algunos otros tenían padres borrachos o sin trabajo o sus madres jugaban al bingo hasta el alba de la realidad. A Vicente, que daba explicaciones a todo el mundo, nadie le explicó por qué termina un amor tan vasto como el que él profesaba. Un amor así, hasta los límites de la razón.

Supongo que Primi se cansó de Vicente, de verle esperándola a las ocho en el portal un día tras otro, finalizada su labor. Se hartó de su paciencia, de que nunca se enfadase, de que perdonara el sueldo a los niños pobres, de tener que ir caminando al cine. Se hartó de sus gestos cariñosos y, cuando lo dejó, de la misma forma en que se tira un papel untado en mierda por el agujero del váter, su madre la besó jubilosa apretándole las mejillas con la palma de sus manos y le dio tres mil pesetas para la peluquería y la alentaba desde la cocina, copita de Sansón en ristre, corroborando que Vicente era un pusilánime, un sin sangre, un hombre abocado a la mediocridad de la enseñanza, carente de ambición, sin vida, con sílabas llenas de galleta que explotaban en su boca pequeña y arrugada. La madre de Primi hablaba de todo esto con pueblerina experiencia y fría desconfianza mientras su marido se sumergía más y más en un sofá recubierto de retales de ganchillo sin decir nada, escondiendo su coraje tras la portada de un *Marca*. Se dedicó entonces Primi, sin asomo alguno de nostalgia, a experimentar el lado arriesgado de los hombres, brotando de sí la verdadera y latente furcia que escondía. Se apuntó a un gimnasio y se ponía húmeda viendo a aquellos descerebrados levantar aparatos con el sillín de la bici estática sumergido en sus partes. Se reía con los maricas del aerobic, y los fines de semana se metía en los tugurios de moda a menear el culo en compañía de un montón de golfas como ella, peluqueras de barriada, dependientas de franquicia de parque temático y alguna que otra maestrilla de escuela diplomada en la de pago, cuyos conocimientos harían vomitar al más humilde maestro de la vieja escuela republicana. Danzaban poseídas al son de los ignorantes surgidos a borbotones de uno de esos *realities* televisivos. Programas urdidos por las mentes enfermas de cuatro millonarios que se masturban viendo cómo miles de adolescentes les abren sus nalgas a cambio de un puñado de gloria mal entendida, de talento en tres semanas inoculado por ciencia infusa, opio en cantidades industriales para ingente masa de encefalogramas planos. Bailaban sus plagios con la vista fija en esos perros a los que llaman *metrosexuales,* hechizados medievales de la nueva centuria, disfrazados por la tienda de moda barata de un hombre que tardó cincuenta años en ponerse encima un traje. Aun bañada en Chanel, Primi desprende ese tufo acre a ordinariez del que no se puede liberar, no sé..., el rostro belfo y huesudo, esas botas asfixiándole las rodillas, la risa, falsísima..., se sitúa por sí misma en las antípodas de la delicadeza, en confrontación con cualquier atisbo de poesía. Rechaza a los feos con impudicia, a los gordos, a los calvos. Causa la admiración e hilaridad de sus amigas con esos desaires, con ese asco innato que los imperfectos le producen. La inteligencia en el hombre, la bondad, el honor o la generosidad son aspectos que desdeña, ni siquiera se percata de ellos, se va con los hombres hermosos que la copulan sobre los retretes, por la espalda, apartándole la goma del tanga a un lado para no perder mucho tiempo, y le depositan luego el esperma caliente y sin genes sobre el agujero del ano. Hombres hermosos que la olvidan tras eyacular. Por eso no me extrañó verla en Telecinco al lado de una de esas gurús para marujas, mostrándole la alopecia nerviosa que le invadía el cuero cabelludo, los ojos negros y los párpados hinchados. Los costados hundidos, el culo pateado. La presentadora y su séquito de lameculos cerraban filas en torno al género hombre, un cerco de fuego y excrementos se cernía sobre el macho, y llamé al programa para que Primi no siguiera mintiendo, para que no blasfemara más. Intenté explicar que Primi fue amada por un hombre íntegro al que subyugó, destruyó y despreció en pro de motoristas con chupa de cuero y espaldas curtidas, culturistas hormonados y otras subespecies. Quise hablar del furor implacable de su útero, de su enfermiza conciencia selectiva, y el programa se salió de madre, me insultaban sin argumentar,

29

decían que cómo podía hablar así de una mujer que además de maltrato había sufrido una brutal violación, y tal y cual, y esto y lo otro, y me colgaron el teléfono sin poder decirle que me alegraba de su desgarro anal, y que si se acordaba de Vicente y... me colgaron. Entró mi madre en la sala y me preguntó si hablaba solo.

—Sí —le contesté—. Debo de estar volviéndome loco.

—Es ese trabajo de lobo que tienes. Estoy cansada de decirte que por ahí no se va a ninguna parte.

Al poco, la aguja de coser de la máquina picaba velozmente un retal barato con un ruido que traspasaba el universo.

Todo el edificio es ruina. Ruina estética, ruina interior. Hombres acostados leyendo, otros que barren con los huevos los suelos de burdeles de tercera, borrachos, maltratadores y maltratados, cornudos..., locos y locas, mujeres que cosen retales y huelen a restos de comida y otras que cosen corazones. Algunas gastan lo que no tienen. Muchas lloran, muchas se meten en la cama a pensar en lo que tienen. Frígidas, ardientes, menopáusicas...

30

Hay también hombres jóvenes encerrados en su casa con los ojos en blanco. Personas partidas por la mitad, nacidas a finales de los sesenta y primeros años de la década siguiente. Anulados sociales que fueron, durante unos breves instantes, las mentes más brillantes de su generación. Y yo, que me incluyo sin dudar entre esta decrépita compaña, me pregunto, en los escasos momentos de lucidez de los que dispongo, ¿quién nos engañó?, ¿quién nos convirtió en esto, siendo como éramos simplemente lo mejor? Drogadictos, enfermos, fracasados, cadáveres en descomposición ahora. El mundo cambió y los conocimientos ya no fueron necesarios. Una llamada *era digital* engulló las artes y las humanidades. Salieron los políticos y los medios de comunicación a la calle bendiciendo con bits las frentes de los neonatos, y quedamos recluidos en guetos, en una cruenta reserva, aquellos a los que nos habían metido a palos el conocimiento y el arte, todos los que, como única herramienta, usaron el esfuerzo y la devoción. Nos dijeron: «Al pobre sólo le resta el estudio, el sufrimiento y el sacrificio», y ni siquiera sirvió. Después fueron llegando poco a poco los predemocráticos, profesores melenudos, visionarios izquierdistas en la enseñanza pública que nos aseguraron, desde detrás de sus barbas, que era preciso compartir y no competir, y también nos engañaron. No hay sitio para nosotros en este mundo feroz porque hay un ejército de leprosos digitales sin envidia ni ambición de ningún tipo consumiéndose en sus barrios, enloqueciendo poco a poco, mantenidos por sus padres, esperando poder demostrar unos conocimientos adquiridos a sangre y fuego que ya no sirven de nada.

Vivo en la vieja residencia para músicos militares, y todas las mañanas o tardes o noches en que me levanto, compruebo en el espejo que mi cara aún no se ha vuelto un ladrillo como los que cubren su decrépita fachada, una cara de ladrillo como la de todos los que viven aquí, de ladrillo barato de protección oficial, de ladrillo franquista. Mi abuelo era músico militar, y también mi padre, aunque ya no toca, casi ni habla. Se pasa el día en la cama alternando la lectura de libros de historia con las novelas del Coyote que todavía le consigo en algún kiosco con solera, de esos regentados por viejos pervertidos u homosexuales que viven con madres sudorosas y seniles en callejones perdidos, oscuros y húmedos. Acostado de por vida, pretende hacernos ver que no es ni sombra de lo que fue, aunque yo sé tanto como él que nunca fue nada, por eso me respeta. Su foto saludando al rey se llena de polvo. Él nunca lo olvidará, el rey ni lo recuerda. Mi hermano ha vuelto con nosotros. Otra vez. Es licenciado en geografía e historia, pero, cuando trabaja, lo hace en la conservera, once horas diarias por ochocientos euros al mes, aunque lo normal es que esté en el paro. Esos periodos largos de inactividad suponen un bálsamo para su delicada economía, pues de esa manera la pensión de sus hijos se reduce y, aunque no le quede casi nada para sí, por lo menos no madruga, pero también conllevan un mayor deterioro psicológico, ya que, al no hacer nada, dispone de más tiempo para pensar, y a mi hermano pensar no le sienta demasiado bien. Los fines de semana en que le visitan sus hijos no cogemos en casa, pasan directos al salón como un par de extraños y conectan su puta consola al televisor sin abrir la boca, con las mochilas resbalándoles por la espalda. Mi hermano se sienta paternalmente al lado de ellos, a interrogarlos con sutilezas que ese par de cabrones comprenden perfectamente. Yo noto que vienen bien aleccionados de su casa, pero el padre, en cambio, es ajeno a su malicia por una mera cuestión de ceguera genética. Les pregunta con quién va mamá de fin de semana o si llama algún amigo a casa, y ellos le responden cuando les da la gana, imbuidos en la pantalla, llenos de tics y muecas, las mentiras que su madre les cuenta antes de salir. En medio de esa patética estampa de desarraigo me apetece sentarme a su lado y decirle a mi hermano si no sabe ya de sobra que su ex se pasa los fines de semana jodiendo a diestro y siniestro, comentarle si no se pregunta nunca por qué todos los puentes largos o vacaciones le enjareta a los chiquillos o si no percibe que sus hijos mienten a cada una de sus interrogantes como experimentados fuleros.

La vida de mi hermano es tan triste que ni siquiera duele. Se pasa el día atormentado por la visión de su ex mujer retozando en los brazos de cientos de extraños y soportando las broncas de un ignorante corrupto que mantiene su pujanza a base de pelotazos de los fondos bajo manga de la Comunidad Económica Europea, contratación de ilegales y desesperados e incluso del azar, pues no hace mucho que le tocó la quiniela en el bar donde toma el vermú con una panda de zánganos ex millonarios, divorciados e impotentes. Viejísimas glorias locales devoradas por la grasa. El jefe de mi hermano es uno de esos ricos de los que llaman *de toda la vida,* su abuelo ya lo era a costa de señalar con sus dedos a comunistas y de exprimir las miserias ajenas, esas vidas llevadas tan a los límites que casi nunca se pueden permitir pronunciar la palabra no. Su padre continuó beneficiándose de lo mismo hasta que murió de un infarto en su cama de caoba, con antenas de langosta saliéndole por la boca, los ojos encharcados en usura, vicio y licor, y las palmas de las manos enrojecidas de azotar nalgas de puta y pegar bastonazos en el suelo de la fábrica.

En la fábrica, mi hermano es una persona no grata. La cúpula del altillo u oficinas, con el jefe y sus ruines adláteres y la gorda de Mariló, a la que lo mismo le da tomar por el culo que tocar el arpa, no soportan la altivez de su mirada, la potencia que otorga el conocimiento, que sepa revisar los apartados de la nómina y sus correspondientes porcentajes, que mientras trabaje le cuente a los demás la historia de la revolución industrial, las teorías del comunismo o la estratificación social del Japón post-Meiji, que desvirtúe a los mitos locales del mundo de la empresa hasta hacerlos parecer simples chorizos, la cultura en general. En ocasiones le comenta a su jefe: «Disculpe, señor, pero esto no se escribe así. Perdone mi atrevimiento, pero hay vulgarismos y faltas de ortografía, y una empresa con tanta tradición como la suya no merece ensuciarse por nimiedades de este tipo», y el pobre se venga así de todos los chistes malos con los que le ofende ante los demás los pocos días en que está de buen humor y desde lo alto de la nave, en los umbrales de su lujoso despacho, hace referencia en voz alta a los cuernos de mi hermano o al poco dinero que le queda disponible una vez pasada la pensión alimenticia de sus hijos. Ésta, sin embargo, es la paradoja de su existencia, el orgullo y afilado rencor que muestra en la calle y, por el contrario, la resignación y tolerancia con su propia vida, en la senda que por sí mismo eligió, donde ha sido siempre un paria y un calzonazos. Veo su foto en blanco y negro en la orla que nuestra madre pule a diario, lo más valioso de la casa, su flequillo y sus patillas tipo transición, la bondad en su gesto y la brillantez. Una mirada de manso, igual que la del ingeniero que me daba clases particulares, y todo eso se fue para siempre, y hasta un niño se daría cuenta. Qué pensará mi madre, mientras le pasa un paño húmedo al cristal, ahora que ya no es más que un hombre que se vuelve a acostar en su cama de la infancia, un somier oxidado bajo un colchón de uno veinte, con un crucifijo encima. Cuando encuentro a mi cuñada apoyada en la barra de uno de esos bares para cuarentones separados, sujetando un cubalibre en una mano y un cigarro con los labios rellenos de silicona, revolviendo un Louis Vuitton para encontrar el mechero, no me extraña que las maten y que, en vez de una puñalada, sea de cincuenta.

Mi madre se esfuerza por la comodidad de sus nietos, ellos nunca lo agradecen. Dejan la comida en el plato, también el postre, y luego se encierran en su cuarto a comer las chocolatinas que su mamá les mete en la mochila, las que se traen de su casa. No quieren bajar al parque, a mezclarse con los demás. Al parecer ya tienen bastantes amigos en su urbanización con los que jugar al pádel, acudir a los recreativos de diseño o al cine del centro comercial, o ir a esquiar los fines de semana. Aquí, por el contrario, hay tres o cuatro chiquillos pegando chupinazos a la pelota contra un portón, otro par de ellos fumando detrás del kiosco y unos cuantos sentados en un banco, lanzando piedras a una lata de refresco oxidada y arrugada para ver quién la derriba. Siento odio y asco hacia mis sobrinos, ni siquiera les hablo, son engreídos y ambiciosos igual que su madre, tienen su misma mirada, esa mirada sucia y extraña que yo había descubierto hacía ya tiempo, mientras mamaba de aquel hombre agachada. Evocándola de nuevo, siento unos irrefrenables deseos de entregarlos a un pedófilo demente para que practique con ellos el medievo y sufran como sufre su padre trabajando de sol a sol para que en vez de exigir pizzas a mi madre, *happy meals* o la puta que los parió, laman desnudos y arrodillados las botas de un sádico pirado que les haga fotos de los genitales. Ignoran y rechazan los besos de su abuela, sin embargo se arrojan a un cubo de semen al ser devueltos los domingos a la boca de su madre.

Ya está cerca la Navidad. La Navidad acosa a la gente. Las ventanas arrojan a la calle las voces monótonas de los niños de San Ildefonso, los niños caminan con ridículas manualidades de colegio que colgarán en las puertas de sus casas con una chincheta rescatada del fondo de un cajón, y yo recuerdo a mi abuelo, que por estos días repasaba una y otra vez las participaciones de lotería que había ido acumulando por los comercios y tascas del barrio mientras pudo caminar. En Navidad, el hogar de ancianos se saturaba. Ya nadie quería a sus viejos sentados en torno a la mesa nueva de Ikea, derramando con mano temblorosa la sopa sobre un mantel de hilo fino que probablemente alguno de ellos hubiera bordado. Los políticos y la televisión nos habían ido guiando hacia un hipotético mundo donde todos somos iguales. La transición abrió una puerta muy peligrosa en la que los sueños y las ínfulas de grandeza se ponían al alcance de todos y, años más tarde, nadie se resistió a probar lo que significaba tener un automóvil propio, irse de vacaciones a Torrevieja teniendo enfrente el Cantábrico, o sacar una hipoteca.

Las cacas y meados de nuestros padres empezaron a dar un asco tremendo. Y vinieron los sudamericanos para lavarles los huesos envueltos en pellejo y para hacer lo que nosotros no queríamos. Aunque los políticos siguieran desempolvando viejas rencillas y utilizando el discurso caduco de la guerra civil como eficaz medida de controversia, la verdad es que ya nadie se acordaba de aquellos tiempos. Fueron muriendo los que sobre el asiento de algún parque o sentados solos a la mesa de alguna tasca antigua, asidos a un vaso de mal vino, de vino barato, decían recordar haber pasado hambre o miseria o dolor.

Hubo que dar la razón a los que vaticinaron la debacle de los tiempos y desconfiaron de la raza humana. No había trabajo ni paz, y esto no era Madrid. A los jóvenes de aquí no nos engañaban cuatro actores a la cabeza de una manifestación, con una pegatina en la solapa de una prenda de marca, cuatro progres millonarios que cuando se va la tele vuelven a La Moraleja a chuparse las pollas los unos a los otros sobre butacas de cuero Connolly, aquí había que madrugar y había que pasar frío para vivir desde la aurora de los tiempos. Había que torcer los dedos con redes y sedales, levantarse las uñas metiéndolas en las entrañas de la tierra que nos vio nacer, ultrajada y humillada por España y luego por algo que llaman *Europa* y que mece con nanas imperiales a su bebé turco. El barrio se plagó de ecuatorianos que limpiaban los culos de nuestros viejos por cuatro duros, y sus hijos, españoles con rasgos indios que crecieron ciertamente resentidos, se escondían bajo pantalones anchos y caídos, bajo viseras americanas. Coparon los parques y se hacían símbolos extraños con las manos. Cobraban a los nativos por el disfrute de los columpios y la cancha de futbito. Se reían de las niñas musulmanas que pasaban por allí como fantasmas temerosos de los hombres, envueltas con el velo y tapadas hasta los pies aun en verano. Ya no éramos nadie, corría el rumor, y aquella Navidad fue la más triste. Nacía el niño Dios y morían los niños hombres.

Pregunté por mi abuelo en un mostrador desatendido, y, después de rebuscar en una máquina, una señora cuya desidia la transformaba en un ser humano feo, me dijo que había muerto: «Ese hombre murió hace ya tiempo, así que no me moleste más.» Pienso: «Se ha muerto», y recuerdo los momentos no tan lejanos en que creía saberlo todo acerca de la vida y de los hombres, todo un compendio de soberbia adolescente, de mierda psicológica que con un instante ante él, ante su figura vencida por el tiempo, ante un cruce de miradas, se desmoronaba.

«Abuelo, ya te has muerto y no quise aprender nada de ti.»

Salgo, escuchando a lo lejos los gritos de algún otro viejo que desea morir mientras arrastra los cojones por el suelo del geriátrico.

Me dejo caer un rato por las pistas de futbito del descampado antes de ir a trabajar, de esta manera puedo evitar pasar por el callejón del agujero y encontrarme quizás con gente que no quiero. Conozco a cinco o seis adolescentes que pierden el tiempo por aquí fumando marihuana cultivada por ellos mismos. Les resulta simpático mi pesimismo, y siempre me ofrecen porros. Saben que cuando fumo su basura vegetal pierdo la cabeza, y aprovechan para reírse de mí y grabarme con sus móviles. Mientras los busco por los bancos llegan los gitanos y rodean el parque con sus furgonetas destartaladas.

Nada más salir de los vehículos sacan las navajas y las cadenas de hierro que traen escondidas dentro de sus amplias cazadoras de plexiglás ribeteado. Forman en tres grandes círculos hombro con hombro, habrá más de cien, y avanzan hasta el centro sacudiendo las cadenas y blandiendo los cuchillos, cuyos filos inmaculados orientados al sol producen un reflejo cegador, casi apocalíptico. Tras ellos avanzan sus mujeres con los brazos estirados hacia el cielo, transformando a cada paso su murmullo de plegaria en gritos que animan a matar. Entonces, los yonquis deben de pensar: «Vienen por alguno de nosotros, es una deuda de vicio», y se encogen cerrando los ojos y acurrucándose en los bancos, donde graban sus poemas infantiles y sus frases hechas con jeringuillas usadas: «Muere joven, deja un bonito cadáver», «Todo lo que me gusta está prohibido», o intentan dibujos hermosos como el de un caballo alado que sobrevuela la palabra LIBERTAD. Por el contrario, los sudamericanos, que adoptan orgullosos el nuevo apodo yanqui de *latinos,* lo añaden de continuo al nombre de sus bandas, hacen de él su raza, insultando la pureza cristalina de sus raíces, y lo utilizan como orina para marcar sus territorios, piensan: «Hemos robado ropa en sus rastrillos o le hemos quitado el tabaco a alguno de sus hijos o llamado "puercas" a sus hijas y están desconcertados.» Acechantes, porque no saben cuáles de esas ofensas que les muestra su conciencia es digna de cobrarse a hierro. Nunca han dirimido con gitanos y desconocen todavía lo que significa la etnia pura, de larga trayectoria, incorrupta. Algunos de ellos, los de temperamento más caliente, plantan cara y ofrecen el pecho como ejemplo para los demás, más bondadosos y de menos voluntad, y caen a la primera. Caen a la arena estéril, pisoteada y sucia, regándola con su sangre inútil, tendidos como perros aplastados en cualquier arcén. Los demás se callan, presumían de levantarse a diario para buscar su propia muerte, pero ahora que la tienen enfrente se hacen caquita, apenas se sostienen. En un instante, la vida se transforma para ellos en un apartamento mucho más confortable.

Los moros nunca están juntos. Son amigos de todos y amigos de nadie. Desconfían hasta de ellos mismos. No se puede saber lo que piensan porque todos piensan diferente. Nunca ha habido tantos. Antes el frío los agolpaba en el sur, pero ya no hay sitio. Llegó el progresismo, y se les da carta blanca porque saben de sobra que el voto del futuro se sustenta en las ovejas mansas del «No a la guerra» y en las hordas de ignorantes que surgen de la enseñanza estatal y de los *realities* vomitados por las ondas, los herederos de Ortega y Unamuno, los altos y bisoños filósofos españoles del botellón, jóvenes y descentralizados. Son los únicos que tienen claro a por qué vienen los gitanos, qué buscan, y el hecho de estar separados les da cierta ventaja.

Se hace el silencio. Habla un gitano, alto y claro. Al terminar se santigua y besa el pulgar. Con el bastón marca una cruz en el suelo y señala con el dedo. Yo lo tengo claro, no hay marcha atrás. Alguien se ha levantado hoy para buscar su propia muerte.

Acabo de ver morir a dos personas en directo y no siento nada raro. Fue como si estuviese acostumbrado a ver morir. Ver morir así, por una deuda.

Mis amigos de dieciséis años ya no están, se han debido de marchar asustados hace poco porque aún persiste sobre su banco el olor a clorofila y unas cuantas colillas que pienso rescatar.

Siempre me han gustado los gitanos. Me hacen sentir, allí, a lo lejos, el lejano pálpito de la vida.

Necesito dinero, pero el gerente, como siempre, no aparece. Un día de éstos le voy a romper la cara al jodido economista de los cojones.

Pego unos cuantos gritos llamándole por ahí, espantando a la poca gente que aún queda en la cafetería. Me cago en sus muertos. Las chicas intentan calmarme con mucha mano izquierda. Una de ellas me pone un poco de ron con Coca-Cola, pero quiero más. Entro a empujones detrás de la barra y le arranco de las manos la botella de Bacardí al pelota del camarero. Un maricón calvo y con bigote que siempre está al acecho de todo lo que pasa por aquí. El hijo de puta todavía se atreve a decirme que voy a acabar mal.

Hoy me despierta mi madre sin ningún tacto. Habla muy rápido. Me comenta que es la boda de Toni. «¿Quién mecagoendiós es Toni?», le contesto con la cabeza encharcada todavía en Bacardí. Mi madre no soporta la blasfemia. La pone loca. Se va dando gritos, intenta levantar a mi padre de la cama, hace años que no presencio algo así. He desatado un huracán. Quiere echarme de casa.

Toni dirá el «sí, quiero» con toda la ilusión del mundo a los treinta y muchos años. Con un traje de alquiler con brillos, un gladiolo asqueroso en la solapa u otro floripondio, y un empleo de cajero en un supermercado de barriada. De Mari no puedo decir nada porque ni la conozco ni me interesa conocerla, salvo que también trabajaba en el súper y que le hizo declararle su amor en la trastienda, a la vieja usanza, con una rodilla hincada en tierra, camuflados los dos tras una pila de yogures caducados, tal como él nos narró patéticamente en la noche de su despedida.

Si es que éramos amigos de Toni, lo éramos por pena. Era el típico tío al que desde la infancia nadie puede ver, al que nadie quería invitar a los cumpleaños porque te abría los regalos y te soplaba las velas como si no hubiera tenido nunca un cumpleaños ni amigos ni nada. Pero por muchos despechos, desplantes, insultos y aspavientos que le hicieras, siempre estaba con aquella sonrisa tonta de oreja a oreja, haciendo oídos sordos a todas las humillaciones que le iban cayendo encima.

Aunque nadie le llamara, Toni siempre aparecía, y con el paso del tiempo, derrotados, acabamos asumiéndolo. A las doce, en su despedida no quedaba casi nadie. Todo el mundo se había ido con las más burdas excusas, así que los cuatro que quedamos, tal vez los más idiotas, como no teníamos dinero para llevarle de capea a Salamanca, le invitamos a unos Dyc y nos rascamos los bolsillos para que al menos el pobre gozara con alguna puta de carretera, nada ostentoso, alguna rumana esquelética o una negra subsahariana. Íbamos los cinco en el coche, buscando putas. Apretujados, borrachos y muertos de frío. Cerca de una gasolinera, ya en las afueras, vimos a una mulata que iba en topless y tanga en pleno diciembre, como las putas de Varsovia que yo vi un día. «¿Te gusta ésa, Toni?», preguntó alguien sin intención de tener en cuenta lo que Toni pudiera contestar.

Paramos al lado de ella, bajamos la ventanilla y le comentamos la jugada. Una vez arreglado el negocio, aparcamos el coche y nos bajamos dejando a Toni a solas con la puta mientras nosotros paseábamos carretera arriba y abajo jugándonos el tipo, ateridos de frío y sin dejar de fumar. Como el coche no se movía, alguien se acercó y vio que Toni estaba hablando tonterías con la furcia y ni siquiera se había desvestido. Nos acercamos sigilosos. El muy gilipollas estaba contándole en qué iglesia se casaba, cómo era su traje y dónde sería el banquete. La puta le decía amén a todo creyendo que era su noche de la suerte. Media hora resguardada del frío, un idiota inofensivo y dinero fresco sin oler una polla, así que para no perder más el tiempo y el dinero lo sacamos del coche a empujones y nos metimos nosotros dentro a taparle los agujeros a la golfa. Casi la reventamos. Estoy seguro de que esa pobre desgraciada va a tardar algún tiempo en poder cerrar las piernas. Mientras eso ocurría, Toni fue atracado a punta de navaja, pero cuando regresó al coche sonreía como siempre. Dijo que no pasaba nada con su puta cara de tonto y que se lo había pasado muy bien, pero quería volver a casa.

Tengo sobre la cama un viejo traje gris del abuelo. Mi madre se ha pasado días apañándomelo y aun así es un auténtico despropósito. Ni siquiera me puedo abrochar la chaqueta y el pantalón me queda ancho, tan ancho que no se me ven los zapatos. Parezco un aparcacoches o el camarero de un puticlub. No sé cómo tengo cojones de salir de casa así, rumbo a una boda.

Nunca enciendo la luz de la escalera. Me guío por la luz lejana y tenue de los cristales rotos del portal. Es parecido a eso que cuentan de regresar de la muerte, porque la luz de mi calle nunca es la misma, arden en ella los hombres a diario igual que *ninots* en la noche del fuego. Las mentes más preclaras de mi generación caminan por ella impregnadas de brea, esperando a cada paso el ascua que las inmole a los ojos de la gente. Incluso yo, que soy un visionario, las veo incendiarse antes de tiempo.

Arde Cardeli en el parque tocando su violín desde las diez. Rodeado de cisnes y pavos reales. Arde Aquilino cerca de él, con la gorra de plato ladeada y hecha añicos, encorvado y viejo, incapaz de sostenerse, arrojando sus barquillos caducados a los gatos. Arde Marcelo, esperanza y as de nuestra infancia que incomprensiblemente nunca llegó a nada, mientras aviva las llamas de la nostalgia con el feroz viento de los sueños, que traen a sus narices el humo de los puros de la Tribunona y el silencio y la intrépida mirada de Quini, a quien siempre se quiso parecer, en una tarde de *orbayu* jugando contra el Bilbao.

Ardemos todos, incluso yo. A pesar de la humedad.

El mundo es una máquina de tortura gigantesca. Indestructible e imparable, ideada por los hombres. En el orden del mundo, Dios es un juguete peligroso.

De bajada me cruzo con Conchi, la del primero. Conchi no envejeció, simplemente se pudrió. La pudrió su hijo Jacobo, al que todos conocemos por aquí como el Muyayo. Muyayo se fue a mediados de los ochenta a Canarias a hacer la mili y lo licenciaron a los cinco meses por problemas mentales. Pasó un tiempo por allí vagando como un perro y rodeado de marginalidad hasta que sus padres fueron a buscarle. Los problemas mentales de Muyayo eran simplemente la heroína. Regresó muy deteriorado y hablando cosas raras. A las patatas las llamaba *papas,* al autobús *guagua* y a los chavales *muyayos,* y con el muyayo todo el día en la boca, pues Muyayo le quedó. Muyayo ha enterrado ya a toda una generación de yonquis. Es un histórico en la calle, en los centros de salud, en los comedores sociales, en los puestos ambulantes de metadona, en la comisaría, en todos esos sitios menos en Proyecto Hombre. En Proyecto Hombre llamaron a su casa y les dijeron a sus padres que le fueran a buscar, que no solo no lograban quitarle el vicio, sino que él había vuelto a meter en la droga a tres o cuatro compañeros y que les iba a llevar el negocio a la ruina. Dejó de ir por el bloque cuando no tuvo más que robar en casa. Un día un reloj, otro día un collar, la cubertería, una lámpara..., así hasta que dejó el piso de sus padres como un solar. En el propio velatorio del viejo, le quitó los zapatos delante de todo el mundo. Muyayo tiene sida, hepatitis y las venas como un colador, pero conserva intacta la ilusión por drogarse de la adolescencia.

Conchi cree que soy un buen chico. Hoy me ve igual de elegante que mi madre. No han tenido la oportunidad de comparar su gusto estético en otros ambientes un poco más selectos. Padecen una triste ignorancia surgida de la humildad. Me mira con felicidad cada vez que nos cruzamos en la escalera. Un día de éstos pienso decirle la verdad.

En la boda de Toni, el sacerdote hablaba del amor eterno. Mientras, las mujeres se despellejaban mirándose, con las tetas descubiertas y embutidas en vestidos luminosos frente al santísimo sagrario. No se respetaban las ceremonias porque muchos jóvenes habían perdido el protocolo del rito al ser hijos ya de completos descreídos. Sin embargo, los novios escuchaban atentos el sermón del cura, y sus frases adquirían significado aunque no hubieran pisado la iglesia desde el día de su primera comunión o su bautizo. Decía San Pablo: «Si me falta el amor, no tengo nada», y entonces las personas dejaban de reírse y de hablar unas con otras. Levantaban de nuevo sus cabezas al altar para escuchar el dulce significado de aquellas palabras tan poco comunes, tan bien conducidas, tan potentes como un *Ave María* bien cantado, una auténtica serenata para bestias, y trataban de convencerse de que su amor sería tan extenso y complicado como el que escuchaban. Pero al poco todo eso se desgajaba, se colaba por los agujeros de la memoria como agua recogida con las manos, incluso llovían pétalos de rosa en vez de arroz por propio imperativo de la novia, fruto de su adicción a la nueva y estúpida comedia americana. Estaba claro, Mari había nacido para casarse imitando lo que anhelaba, y Toni, para no ser nunca nada.

Odio las bodas. Las detesto con una rabia que mana de las fuentes más profundas de mi psique, de las más oscuras y atormentadas, desde el día en que mi hermano se casó siendo yo un crío y la sopa de marisco me jugó una mala pasada. Me recuerdo en el váter observando la punta de los zapatos sobresalir de entre los pliegues del pantalón, de la vergüenza de que todo el mundo me viera saliendo de allí y me imaginara en el retrete, y recuerdo sobre todo las risas furtivas, los gritos aquellos de mamífero lactante, de hembra acorralada, que se colaban por las juntas de las puertas y los huecos de los azulejos. Maldito día de boda en que encaramado en lo alto de una cisterna, de puntillas, resbalando, casi colgando del tabique, vi a la novia en cuclillas, remangándose el vestido para no encharcar los bajos en orines, con aquella zarpa venosa en la boca, un tentáculo violáceo que surgía de la bragueta del hombre que le clavaba los dedos en la nuca a la mujer de mi hermano, ahogándola, suspirando. Le dije a mi madre: «Mamá, Elsa está como mamando, sí, como mamando de un hombre», y, sumergida en su ignorancia, estrelló fuertemente la palma de su mano en mi rostro y me prohibió acercarme a los mayores, advirtiéndome de que aquél era un día de felicidad.

«La felicidad», pensé...

Después de lo de ayer no es justo que me despierte la música del parque, la música del violín de Cardeli, que se sienta cada mañana al borde del estanque y coloca sus pies frente a esa línea de agua, botellas de plástico y hojas caídas, y toca sin parar hasta las tres de la tarde, llueva, nieve, caigan rayos o el viento le arrastre como una rama desprendida en el otoño. Y aunque nadie toque como toca él, no se puede ser feliz levantándose a diario y viendo cómo llueve sobre su joven y vencida estampa.

Suena el timbre...

Yoli, la hija de la vecina, llama a casa cada dos por tres preguntando por mí con ridículas excusas. Hace años que lo hace, y parece no darse cuenta de mi desprecio. Tal vez sea su madre quien la aliente notando el vértigo de la vida al pasar y viendo que tanto ella como yo seguimos solos en la misma habitación de la niñez. Yoli es una buena persona. Hija de viuda joven, sacrificada, estudiosa, caritativa, pero a mí sus granos me dan asco y también su coleta de colegiala caduca y su ropa barata. De todas formas, hoy aún estoy borracho, ayer bebí toda la noche gratis en la popularísima barra libre, me he levantado con el timbre y no hay nadie en casa. Abro la puerta tímidamente, con el pelo alborotado y el pantalón del pijama retorcido. «Hace mucho que le gusto», pienso, así que no pierdo el tiempo y camino delante de ella hasta la habitación. Cierro la puerta y le digo que se desnude. Sonríe nerviosa y no se toma mis palabras en serio, pero, no tan en el fondo de su ser, soy capaz de adivinar la excitación que le provoca el pensar que lo que digo pudiera ser verdad, al fin y al cabo ya es una mujer adulta y en su soledad y rechazo habrá experimentado muchas veces la sed de macho. Yo veo esa sequedad en su garganta y estiro mi torso desnudo y joven ante ella y me

54

lanzo a desabrocharle esa blusa horrible de cajón de terceras ofertas. Se resiste, entonces se la arranco y sus enormes pechos se muestran ante mí. «Siempre lo supe», pienso, siempre supe que tenía un par de buenos obuses ahí disimulados. Tiene unos pezones como galletas María que se adivinan tras la harapienta tela del sostén, un sostén color mierda blanda como los que usaba mi abuela. Está sentada en la cama mientras la observo levantado y le toco los pechos sin delicadeza. Me aparta un poco las manos, pero no se los cubre. «Seremos novios, seremos novios», me repite todo el rato, buscando el mínimo indicio que justifique los actos en su cuadriculado cerebro. Cuando mi madre irrumpe en la habitación ya está a cuatro patas. Ella sola se ha quitado los pantalones, y estoy a punto de sodomizarla sin que se lo espere. Mi madre tira de mí con tanta fuerza que me tumba en el suelo. Tengo los labios húmedos, brillantes, como recién comida una buena zanca de pollo. A ella la coge por la coleta entre gritos de vergüenza y dolor y la arroja desnuda al portal; luego se encierra a llorar en su habitación, siempre ha tenido esa maldita manía de entrar en su casa con sigilo, como si hubiera intrusos o ladrones.

Miento a mi madre un día tras otro con la excusa de salir a por trabajo. Sigue insistiendo en mi aspecto como siempre, un momento antes de abrir la puerta, mientras me coloca los cuellos de la camisa. Ese acto, aparentemente tierno, es como el trueno antes del rayo: «Tendrías que haber opositado, igual que hizo tu primo», son frases de las que no se puede huir, tan veloces como la velocidad de los deseos de uno mismo. Vertiginosas. Esas advertencias infantiles me sumen en una profunda tristeza. Tras la estética aparece el reproche envuelto en tono de celofán, *haber opositado, igual que hizo tu primo,* entonces me apetece escupirla y llamarla sinvergüenza y cobarde miserable, recordarle que por su libertad pagó el precio del matrimonio, fue de por vida esclava de sus sueños. Pero no le digo nada. Me han grabado a fuego desde pequeño que la educación permanece siempre por encima de la sinceridad. Hoy en día no es así. No paro de escuchar frases como «Soy una persona muy legal, te digo las cosas a la cara», morid, hijos de puta, nadie debería restregar por la cara a nadie su maldita sinceridad.

Estoy un poco más borracho de lo habitual, teniendo en cuenta la hora que es. Las chicas del hotel han sacado unas botellas de sidra champán y han brindado con todos. Me han besado, y me han deseado cosas que jamás se cumplirán. Llego a casa dando tumbos y me siento en una silla de la cocina a ver cómo se descongela una húmeda y maloliente caja de gambas en un estado que roza la caducidad. Mi padre ha abandonado por un instante su perenne postración y escucha los consejos del rey, que me llegan distorsionados, vagamente, como música de fondo. Mi hermano, olvidado por sus hijos una Nochebuena más, permanece a su lado, como siempre, justificándose ambos, retroalimentando sus desgracias, dándose la comunión el uno al otro con ruedas de molino, asintiendo conformes a cada uno de los análisis del monarca. Después, en la cena, mi padre romperá el silencio y le pedirá a mi hermano que rememore la Tregua de Navidad de la Primera Guerra Mundial, cuando los alemanes decoraron con velas sus trincheras y en medio del invierno belga cantaron el *Stille Nacht*. A mi hermano se le humedecerán los ojos cuando cuente cómo los aliados se fueron uniendo poco a poco al villancico, cómo los oficiales al cargo fueron apartados del frente días más tarde para que sucesos así no volvieran a ocurrir, repetirán los dos juntos y casi en silencio, al igual que hicieron los soldados, el salmo 23, aquel que dice algo así como: «*El Señor es mi pastor, nada me falta. Sobre verdes pastos me hace reposar. Por aguas tranquilas me conduce...»*, sacará a relucir todo su conocimiento, reminiscencias de la tesis que nunca terminó porque una mujer se cruzó en su camino, una mujer que no entendía de historia, del pasado o la investigación, pero dominaba sobradamente el lenguaje de los sueldos y el dinero. Pensaba en que todo esto ocurriría cuando el ruido del telefonillo me devolvió a mi propia Navidad. Alguien me llama.

Una voz confusa dice que me espera en el portal. Pregunto quién es pero nadie contesta. No sé lo que ocurre, y como no tengo ganas de que sigan llamando al timbre y la estabilidad familiar se quiebre, bajo. Aun así, escucho al salir los comentarios de mi padre y de mi hermano, hacen referencia a la falta de respeto. Bajo la escalera con la luz apagada y a medida que me acerco al portal compruebo con extrañeza que no hay nadie, la acera está desierta, no hay gente. Pienso que quizás haya sido una chiquillada, un borracho, cualquier cosa, pero al abrir la puerta de la calle dos encapuchados surgen de ambos lados y se me echan encima, introduciéndome de nuevo en el portal. Intento resistirme pero uno de ellos, el más grande, me bloquea por la espalda impidiendo que me mueva. Dicen que debo dinero y contesto que no sé de qué me hablan, seguidamente me meten una

58

baraja de cartas en la boca y me dan cinco o seis golpes demoledores que me hacen vomitar las gambas de la cena. Un vecino abre la puerta y afortunadamente se largan. Me caigo de rodillas agarrándome el estómago, intentando que mis órganos internos vuelvan a su sitio. No sé quién ha abierto la puerta, no sé de qué vecino se trata, apenas puedo abrir los ojos, pero ha pasado de largo sin decirme nada. Oigo cómo sus pasos van desvaneciéndose escaleras arriba igual que yo.

Recupero mi sitio en la mesa a duras penas, aún encogido por el golpe. Ya no está el abuelo aquí, para contar las verdades desde el indiferente púlpito de la edad. Para salpicar la cena con la mordaz realidad en que vivimos, para describir hábilmente nuestra descomposición sin apartar su mirada de la sopa. Podría disparar sus mismas frases, ver la realidad que ellos no ven, herir indiscriminadamente, pero no digo nada, bebo en silencio mientras lloran y mi madre aparta las botellas del alcance de mis brazos y planta sobre la mesa un miserable plato de turrón mohoso y cuatro áridos y contados polvorones de oferta.

Me visto sin ducharme, aunque noto en mi cuerpo la huella del sudor viscoso del vicio espontáneo y que la ropa no abarca mi sexo desmesurado, que se avivó con los deseos insanos que asedian mi pensamiento. Estoy tan acostumbrado a la perversidad de mi mente, a este continuo caudal de maldad, que no hay asomo alguno de conciencia tras mis actos y creo adivinar en esta carestía del canon, en este baldío moral, la causa inmediata que me sume en un estado muy próximo al del enajenamiento. «Ya te forzaré otro día, ahora que sé que te gusta», pienso al pasar por delante de la puerta de mi vecina de camino al portal. Pero ahora es el licor lo que ansío, esos primeros síntomas del beber forzado, el control inmediato de la ansiedad, el encharcar la garganta con un líquido áspero, notar el ardor del esófago, esa procesión de fuego que tanto me reconforta, esos primeros y falsos asomos de embriaguez que son la redención más perfecta para las almas agotadas. Y mientras imagino cómo será el primer trago, percibo la hostilidad de la calle, ese trajín, ese discurrir que me muestra la hora exacta de mi existencia y me recuerda que no es mi turno de paseo, que no es mi momento, que le debo dinero a un camello. Me siento observado, desprotegido, un tanto paranoico, hasta tal punto que cuando suena la sirena tras de mí, tan cerca que parece que me la han metido dentro, el corazón se dispara y me tengo que agarrar a una papelera con el vómito a flor de boca otra vez. En el coche patrulla va Bulnes, hijo de obrero, otro del bloque, se supone que un amigo. Bulnes y yo hemos dormido toda la vida cabeza contra cabeza entregándonos a la inconsciencia con las nanas que nosotros mismos recitábamos, destilando tanto odio que dudo que el mísero tabique que nos separaba pudiese evitar los flujos de rencor.

Bulnes es rápido de reflejos, también de mente, se ha pasado media vida al acecho, con la espalda pegada a la pared y los ojos siempre abiertos por si las moscas. Tiene en sus espaldas curtidas la marca del reloj con el que yo me dormía, un reloj que sonaba a hebilla de cinturón estampándose en piel.

El padre de Bulnes era un borracho complaciente y servil en el bar, retorcido y valentón en su casa, donde tiraba sillas y rompía cubiertos y, después de cada frase colérica, adobada por saliva, apuntillaba las blasfemias más desesperadas, esas blasfemias urdidas por la imaginación del fracaso.

Bulnes me habla tranquilo, no aparta la vista de la carretera. Me cuenta que esta mañana, en un soplo de un informante, ha aparecido de pronto mi nombre y quiere saber qué ocurre. Mientras pienso la mentira que diré, me advierte de que el asunto no le gusta, y entonces me doy cuenta de que ya lo sabe todo. Luego hay un silencio muy molesto, mira atrás por el retrovisor: «Llevo muchos años pateando la calle. Quiero un despacho caliente y una silla cómoda para seguir jodiendo. Sé que sabes dónde está Joaco, y me gustaría que me facilitases las cosas. Es por tu bien», y, como es hábil, después de todo eso cambia de tema fácilmente.

Bulnes debe de ser un buen policía. Es rencoroso. Nunca olvida nada y su conciencia está llena de hogueras.

Nos hemos salido ya de la ciudad y damos vueltas entre naves industriales demacradas e insolventes. Con techos de uralitas corrompidas que sirven de grada a las gaviotas. Cerradas a cal y canto. Custodiadas por perros rabiosos enganchados a larguísimas cadenas. Bulnes aparca frente a un solar abandonado donde crece un campamento de yonquis y camellos de poca monta. Atrincherados detrás de palés y plásticos, hacen hogueras dentro de bidones viejos. Yo me quedo en el coche, el lugar me da escalofríos. Al poco, uno de los fracasados discute con Bulnes. Bajo la ventanilla para intentar oír lo que dicen. Siento curiosidad. Bulnes es un tipo muy duro y resuelve los conflictos a base de huevos. A la antigua usanza. Todo lo que sabe de la vida lo ha aprendido a base de hostias, y se siente agradecido. Yo sé que ha tragado mucha mierda dentro de la policía, pero prefiere bailar con la más fea a tener que lamer culos de lamedores de culos. En un momento, Bulnes retuerce la muñeca del hombre sin piedad. El dolor hace que su cuerpo se contonee en busca de una posición menos dolorosa, pero parece imposible. Bulnes lo arrastra unos centímetros y le acerca la mano a un bidón incandescente. Aun desde el coche, puedo escuchar un sonido igual a cuando cae un filete dentro de una sartén de aceite hirviendo. Los gritos son espeluznantes. No parecen humanos, son muy molestos, inaplacables. Bulnes saca una rama aún incandescente de la fogata y golpea al desgraciado por toda la espalda y el cuello. Con los golpes se desprenden chispas, es una paliza preciosa, una *performance*. Alguien intenta calmar a Bulnes, pero sólo con la mirada lo convence para no moverse, para no respirar. Es el Ángel Cristo de la chusma. Después de una advertencia general que no logro descifrar, Bulnes arroja el palo sobre el cuerpo apaleado del quinqui, se sacude las manos y regresa.

En pocos segundos, los cristales se empañan. Bulnes suda, baja el quitasol del automóvil y saca un peine con el que amontona los cabellos hacia atrás. Deja otra vez el peine en su sitio y coge esta vez una bolsa con cocaína. Esnifa directamente con una pajita cortada y lo que sobra me lo da; después arranca el coche y volvemos sobre nuestros pasos.

No me dice nada, va callado. Sabe que no hay más que contar, ya lo ha dicho todo. Me deja frente al mar, en el paseo marítimo. Para el coche en medio de un carril y alguien de detrás nos pita: «Somos amigos, recuerda», dice mientras se apea del coche tras de mí dando un portazo. De reojo veo cómo le enseña su placa al meteprisas. Le dice que baje la ventanilla y, antes de que se dé cuenta, le mete un hostión a mano abierta como para reventarle el tímpano a un gorila. Regresa al coche y sale quemando rueda. La ciudad parece suya.

Sentado frente al mar, contemplo la función que más ansío. El escenario es el mismo cielo gris de siempre. Un gris sin entraña. Un gris muerto en el que hoy, como una señal indolente, mezcla de austeridad y patetismo, se muestra un pequeño atisbo de luz crepuscular allá a lo lejos. Se diría que supera la línea del horizonte, y estremece ver al sol precipitarse al fondo del océano por un túnel de nubes tan densas y oscuras, y contemplar su vulnerable y última luminiscencia de tú a tú. El viento zarandea a una gaviota que sólo a veces logra mantenerse quieta unos instantes, suspendida con las alas extendidas frente a mí. La llegada inminente de la noche me inspira un triste destino: «Sufre, gaviota, ojalá una ráfaga de viento te estampe contra el mar y una ola traicionera te sumerja para siempre.»

La noche se ha derramado pegajosa por el cielo, a lo largo de la costa y del suelo, y ya no veo aves intentando volar. Vuelvo otra vez, como casi siempre a esta hora, a tener sed de coñac.

Quisiera cenar en mi restaurante favorito, que es un tugurio estrecho y mal iluminado del barrio alto. Un lugar donde hay que cenar de pie pinchos fríos o grasientos y tortilla amarilla con pelos. Un santuario con la barra llena de ceniza de tabaco negro, pantalones de mil rayas y alpargatas, escupitajos y serrín, el vacío apilado en una esquina y putas gordas que cada poco entran a por cajetillas de Winston de contrabando o a jugar a la máquina o a tomarse un café encaramándose con esfuerzo en los taburetes despintados, embutidas como van en faldas de plexiglás, pero, como no tengo un duro, me conformo con sentarme en un banco de la plaza de San Agustín a ver si me caliento viendo los muslos reventados de las botelloneras o si puedo beber algún resto de alcohol olvidado en un vaso de plástico o el poso salivado de alguna botella tirada.

La plaza es un vertedero de bolsas, vidrio y hormonas. Hay mucho dinero invertido en una moda que no entiendo. En su mayoría, aunque hay variantes, moda importada, de furcia barata y de negro suburbial. Hay droga adulterada, también alcohol ilegal y prematuro que sale del supermercado que anuncian los envoltorios que cubren casi por completo el pavimento. Hay gente muy joven, niños borrachos. A pocos metros de mí, en una esquina abandonada ya a los amantes y los moribundos, un tío con los pantalones caídos al que se le ven los calzoncillos manosea a una criatura semiinconsciente. Agita la lengua en su garganta como si fuera un molinillo, ajeno por completo a las leyes de la gente que se ama. Al poco, ella vomita. Pienso: «Bésala ahora, cabrón, lámele los restos de alioli del borde de la boca.» Me mira. Le sostengo la mirada.

—Te gusta —dice desafiante.

—Me gusta más romperle el culo a tu madre mientras le tiro del pelo de la nuca.

Creo que me pregunta acerca de lo último que he dicho, y doy gracias a Dios por esta oportunidad tan deseada, por esta redención que me otorga la violencia, por esta negación a cualquier razonamiento, por esta muerte a la inteligencia como gritó algún día Millán Astray. Estoy excitado desde que vi a Bulnes maltratar a aquel yonqui. Tengo tanta tensión en los músculos, tanta presión en las sienes, tan comprimida la mandíbula, que antes de que se me rompan las muelas lo único que siento es cómo se parte su tabique nasal contra mi puño y el sifonazo de sangre que expulsa con dificultad por sus fosas nasales aplastadas. Le he hecho mucho daño, lo sé porque era una acción premeditada, algo que se fragua de repente en lo más rojo del corazón, pero también he sido generoso porque hasta hace muy poco era un niñato pagado de sí mismo, equivocado por haber ido un par de días al gimnasio mientras piraba instituto y ver cómo sus músculos crecían a la par que le menguaba el intelecto. Alguien que se convirtió en un vanidoso. Ahora se desprenderá la hoja macilenta del otoño y sabrá lo que significa medir las fuerzas con un zorro de cuarenta años para que el nuevo brote sepa medir las distancias de verdad. Se cuestionará la eficacia del gimnasio, la rabia y la sed de venganza no le dejarán dormir en varias noches, al fin y al cabo es joven, trazará planes maléficos en sus desvelos, sentirá el calor en sus sienes, blasfemará delante de sus amigos, se defecará en mi madre millones de veces, una tras otra, sin que nadie lo escuche, lejos de los demás, solo ante sí. Se sentirá humillado delante de su novia, pero al final, si es listo y capaz de sacar alguna conclusión, no hará nada. El tiempo pasará y su odio se irá desvaneciendo y, sin que él lo sepa, yo habré sido uno de sus mayores maestros.

Está tendido en el suelo. Inconsciente, ahogándose en su sangre. Le doy la vuelta para que no se asfixie y le quito la cartera que pende de una cadena a la altura de medio muslo. Su novia sigue a cuatro patas vomitando. Farfulla algo, pero no la entiendo. Antes de pirarme le subo la falda hasta la cintura. La contemplo por detrás. Dos nalgas celulíticas devoran sus bragas.

Antes del trabajo, ceno un par de huevos con patatas en una cocina antigua de azulejos blancos y un fluorescente con párkinson. Esta explosión de pura salmonela ilumina mi soledad.

No me ha sentado bien beber los posos de los jóvenes, no fueron el estanque de Betesda de mi mal. Aunque me he vuelto un hombre violento, no me ha sentado bien el ansia de hacer daño. Orino entre dos coches sintiendo cómo la tela de las playeras se me empapa. La orina arde, me hace daño. Meo fuego. La vista se me nubla y pierdo poco a poco el equilibrio ante la puerta del hotel. Tal vez hoy haya vuelto a llegar tarde a trabajar.

Mientras toco, la gente habla. Si todavía no estoy muy borracho, a veces alcanzo a oír sus conversaciones y me molestan esas personas que, cuando hablan, parecen haber escrito la historia. Vivo en un país donde eso sucede muy a menudo, donde continuamente la gente se apropia de vivencias ajenas y se erigen también en protagonistas.

El dueño del hotel le cuenta un cuento chino a una chica nueva. Es del Este.

La noche se ha hecho otra vez la dueña de la calle y, a medida que me alejo del centro, van desapareciendo los adornos y las campanas y los ángeles hechos de bombillas de colores. No tengo una maldita perra en los bolsillos. Hoy tampoco he cobrado, lo que me recuerda, aunque intente evitarlo, que no sé cómo voy a solucionar mi problema. Trato de convencerme a mí mismo de que no tiene mucha importancia. Al ir acercándome a la casa, veo las ventanas del cuarto abiertas otra vez desde la calle, y un par de cortinas sucias que flamean en el vacío recibiéndome con el viento de las corrientes mientras las palomas entran y salen a su antojo de la casa maldita de Maruja.

Para muchos de por aquí, Maruja fue una madre. Cuando Maruja murió, su marido no tardó mucho en acompañarla. Se quedó inmóvil, sentado en una silla hasta que el vello de la barba le invadió las cuencas de los ojos igual que una mala hierba, la lengua se le desplomó hacia sus propios intestinos, las heces le rebosaron la cintura del pantalón y su cuerpo desapareció poco a poco bajo el manto de lustre que hasta hacía unos días le envolvía. Vinieron los servicios sociales a por él en una furgoneta con un escudo oficial y, cuando lo levantaron de su sitio, los zapatos se quedaron en el mismo lugar. Parecieran ser de plomo, y el hombre sólo una entelequia a punto de quebrarse. La puerta de su piso quedó abierta y a los pocos días murió infectado por completo de demencia en un lugar que jamás se hubiera imaginado. El edificio se liberó así de la carga moral que aquel par de vecinos conllevaba y, aunque joven, pude percibir cómo también se demolía la armonía y el respeto que infundían en mi comunidad aquel par de viejos a los que un lejano día les entregaron las primeras llaves de un edificio de ladrillo cara vista.

70

La recuerdo a ella abriendo orgullosa la puerta del portal con su marido y las bolsas de la compra flanqueándola, acariciando a todos y cada uno de los niños de mi generación que vivíamos cerca. Los niños que jamás pudo tener y cuya frustrante ausencia aceptaba con solemne religiosidad. Maruja y su marido dieron la merienda a muchos a quienes en su casa no les podían dar de merendar. Compraron regalos para muchos Reyes Magos que se olvidaban de los niños o que sabían dónde estaba el bote de galletas vacío en el que las madres guardaban lo que podían para tal menester y se lo gastaban sin pudor en vino o en putas. Presenciaron matrimonios y divorcios, nacimientos y muertes, caricias y palizas por igual, las miserias de su barrio al completo, sin inmiscuirse demasiado como para odiarlos, pero tampoco sin pasar de largo haciendo ajenos y triviales los problemas de las vidas más cercanas a su puerta. Luego, cuando los militares mayores empezaron a morir y los bloques se fueron llenando de obreros, esa dignidad de mujer fue degenerando por burla en mojigatería, la habían convertido popularmente en rata de iglesia porque, militares o no, seguía rezando por todos, y a su marido le colgaron el cartel de viejo facha calzonazos. Aun así, y aunque eso ocurriera en la calle, en mi edificio nadie blasfemaba en su presencia ni discutía ni escupía en la acera cuando ellos regresaban de la compra, y se les cogían las bolsas de basura si la ocasión coincidía y uno se dejaba acariciar por sus manos de vieja como si el mismísimo Mesías le tocara. Sin rechistar.

Buscaré explicaciones en los viejos filósofos de Grecia, aquellos que dijeron que todos los actos de tu vida guardan una misteriosa relación, para intentar explicar el día en que Bulnes, que no era ya hijo de militares, me convenció para entrar en su piso abandonado, revolver sus cajones y fumar en su salón, y de todos los actos graves que he cometido a lo largo de mi vida y variados —y digo graves no porque estén tipificados en un código legislativo, sino porque atentan contra mis propios principios e incomodan cada noche mi escasa conciencia—, procuraré expiar, muriéndome un poco más, aquel que marca el punto de inflexión de mi infancia para convertirme directamente en un hijo de puta sin un aparente proceso de transformación, algo verdaderamente al alcance de muy pocos e indicativo del triste futuro que me aguardaba.

Estoy muy incómodo conmigo mismo. No quiero soportar a nadie y menos aún a mi madre y al cenizo de mi hermano. Voy a salir de casa cuanto antes y a buscar un bar lo más sucio y apartado posible donde empezar el día.

En un programa en la tele, un montón de millonarias enseñan sus viviendas. Bajo un halo de normalidad, van pasando de estancia en estancia hablando de las virtudes de los muebles, de los mercados o los exóticos lugares donde fueron adquiridos, o de los recuerdos entrañables de familia que esconden bajo sus nobles telas y barnices. La mayoría se definen como «decoradoras» o «arquitectas de interiores», yo las llamaría directamente *hijas de puta*. De vez en cuando aparecen algunos niños mimados y ausentes a los que la presentadora, una apopléjica mental sin parangón, intenta en balde besar o acariciar, en un gesto de falsa cercanía que roza lo vomitivo. Toda la gente que puebla esos hogares tiene una vida estupenda. Todos los maridos de esas hembras son altos ejecutivos. Cincuentones, engominados, con gafas de diseño, con camisas de rayas y americanas estrechas que no logran de ningún modo devolverlos a la juventud. Todos los niños que salen son rubios, con los ojos azules. Todos tienen una habitación para sus juegos y juguetes y en sus paredes hay norias y robots y ani-

73

malitos color pastel. Todos serían pasto del filo de cuchillos en cualquier revolución, porque cuando uno observa esa indolencia hecha pública ante el mundo, cuando es retransmitida esa pérdida de contacto tan demoledora con la realidad, entonces, la redención y la lógica sólo tienen el camino de aniquilar la existencia de futuros seres semejantes. El camino de matar.

¿Por qué nadie los matará?

¿De qué pútrido cerebro surge la idea de un programa así, cuando el cajero de un banco se convierte cada noche en el Hilton para cientos de vagabundos?

Apuro la cerveza, y, en un descuido de la pobre anciana que regenta este tugurio, salgo pitando.

Ya en la calle y a salvo, pienso en las últimas palabras de Bulnes, en su inquietante «Somos amigos», e irremediablemente me llevan al día en que Bulnes se interpuso entre su padre y su madre y entonces el viejo le bajó a la calle y, delante del portal, se puso en ortodoxa guardia y, cubriéndose la cara como un boxeador, le insultaba con toda la astucia y amargura que su vida de borracho le había enseñado. Le llamaba *maricón*. Le decía: «¿Por qué no me enseñas las bragas de tu madre que llevas puestas?», mientras bailaba a su alrededor cubriéndose la cara y disparando rápidas y humillantes bofetadas. «¡Chupapollas. Tienes las rodillas peladas de chupar pollas en los despachos del instituto. Hasta el conserje te da por el culo!» La cara de Bulnes se iba poniendo roja como el fuego a medida que las hostias hacían mella en su piel y la rabia le devoraba el corazón. «¡Venga, valiente! Acaba con tu padre de una vez. Un, dos, un, dos, ¡vamos, maricón!, ¡venga, vamos, vamos, ¿no ves que estoy borracho?!... ¡Ésta es tu oportunidad, adelante, zorra, entrégate a la lucha igual que haces con las pollas!»

Bulnes no pudo más. Gritando, impotente, le envistió como un pollo sin cabeza. No fue difícil para el padre derribarlo y, ya en el suelo y pateadas sin piedad las costillas a las que un día él mismo dio forma, se sacó una vez más el cinturón y lo enroscó en su puño delante de la mirada cobarde de los vecinos para flagelar la espalda de su hijo, atenazadas sus piernas por el abrazo implorante de su esposa.

Recuerdo el vía crucis de Bulnes arrastrándose hasta casi la carretera, la furia de su respiración, la explosión de saliva a cada golpe, los gritos de unos y de otros. Recuerdo entrar en la habitación de mi padre para pedir ayuda y también recuerdo su silencio mientras pasaba las páginas de aquella frívola novela: «Cierra la puerta», dijo, «y aprende las lecciones de la vida.» Sin reflexiones, sin compasión, desde la cama, una cama que solamente abandonaba para ir a la iglesia de pascua en ramos.

Aquella noche, Bulnes durmió en mi casa excepcionalmente, y mi madre le esparció aceite por la espalda. No se le llevó al hospital. Durmió agazapado, lamiéndose las heridas como un gato. Cuando despertó, le dije que nunca le dejaría solo.

Bulnes tiene la malvada virtud de la paciencia y un rostro indescifrable, ambivalente. Despierta lástima y temor a partes iguales. Es una moneda girando en el vacío que siempre cae del mismo lado.

Así que, después de mucho insistir, un día me convenció.

Leyó cómo hacer una ganzúa, y entramos en el piso abandonado que fuera de Maruja y su marido. Fumamos en su salón y abrimos los armarios. Revolvimos los cajones y encontramos una caja. Era la caja donde Maruja y su esposo habían ido guardando su vida desde la primera cita hasta su muerte. Arriba del todo, una vieja entrada de cine amarillenta, en el dorso una fecha escrita con boli y la frase: «Nuestra primera cita», y debajo de la entrada una foto en blanco y negro dedicada, con pliegues y arrugas de pasar por encima los pulgares y acercarla probablemente al corazón en tantas ocasiones. Una carta, y otra que Bulnes leyó en voz alta y que yo intentaba no escuchar. Sentí todas las palabras como cuchilladas, una a una. Después, una foto de la mili, una postal. Más entradas de cine. Una servilleta de la cantina del parque donde seguramente se besaron por primera vez. Otra foto con los amigos, detrás de unas vespas, en una romería. Una foto solos los dos en el esplendor de su vida. Más cartas. Un regalo, son unos pendientes. Bulnes se los guarda en el bolsillo, pero no valen nada. El menú de su boda firmado por gente que no conocemos. Fotos de Maruja y su marido en lugares de España. Una cartilla del banco con sus primeros ahorros. Ella preciosa y rodeada de niños en una excursión a Covadonga con la catequesis. Me reconozco. Un *souvenir*, un llavero de la Virgen de las Nieves, unos cabellos envueltos en un papel de periódico amarillo. Los galones de alférez, alguna carta más, un libro de poemas con la portada dedicada... La pulsera con su nombre impreso del hospital donde murió.

Bulnes bebió de una botella añeja, bailó con ella con los brazos en alto sin soltarla ni un instante, como en un ritual indio. El licor se derramaba por el suelo y por los laterales de su boca. Abrió las ventanas, y una corriente cálida y espirituosa se enroscó en mi piel. Lanzó la caja al vacío, y yo no hice más que ver cómo se precipitaban por el cielo los recuerdos. Algunos daban vueltas en el viento, otros se arrastraban por la acera y resucitaban un instante al rebufo de los coches. Algunos fueron pisados sin más, y otros recogidos por viandantes que albergaban sin saberlo fragmentos de una vida extinta. A Bulnes no le dolían las heridas de la espalda, pero tenía una incurable hemorragia espiritual. No era nada ni remotamente parecido a un hombre.

Es Navidad, y en Navidad se hace campaña para que los débiles nos den pena. Por un momento, dejo de mentirme e intento agarrar el toro de la deuda por los cuernos.

Voy a ir a robar dinero al Hospital Central de Asturias, en Oviedo. Si me detienen, habrá menos posibilidades de que alguien me conozca y atormente después a mi familia con los comentarios.

La estación de autobuses aún se mantiene aquí

dentro de los límites de la ciudad. Es uno de mis edificios favoritos. Entre *art déco* y racionalismo. Con una fachada enorme de hormigón retorcido y escupido de CO_2, unos baños lastimosos de mosaicos rotos, esquinas y rincones llenos de mala gente y un bar que no cierra y que se llena de borrachos en el paro hipnotizados por las agujas del reloj.

Sentado en un banco, veo cómo una pareja de yonquis atraviesa el andén a trompicones. Discutiendo con los brazos extendidos. Con unas chaquetas enormes que en sus extremos a duras penas dejan asomar unos dedos rebozados en mierda que sujetan una lata de cerveza sin marca. Es el muyayo. Apenas le reconozco, pero él parece que me ha olido. «Mierda, qué hijo de puta», mascullo mientras se acerca hacia mí y su compañera lo reclama a voces, parada en medio de la estación. Muyayo me advierte con su patético acento canario: «Ten cuidado, muyayo. Te están buscando. El otro día me ofrecieron tres papelinas por decir dónde vivías.» Las cuencas de sus ojos parecen hoyos de golf y sólo muy al fondo aparecen un par de globos oculares inertes, como un par de bromas adheridas al cogote. Le huele la boca como el culo de un perro callejero, sus palabras van envueltas en un hedor pestilente, un flujo de aliento que sus tres dientes no pueden detener. «Soy legal, tío, soy legal. Una tumba.» Me jura por el cadáver de su viejo que no ha dicho nada, pero no me creo ni una puta palabra de esta rata. Su novia se ha acercado hasta nosotros, estira su cuello cada vez que habla, sacando lo más que puede la cabeza de ese enorme chaquetón y pegando su boca a mi oreja, salpicándome. Parece una tortuga malnutrida. Las personas que hacen cola esperando el autobús se han ido alejando de mí poco a poco. Alguien ha avisado al *segurata*, que afortunadamente me las quita de encima antes de que la sangre llegue al río.

Una chica guapa se sienta a mi lado. Va a la universidad. No para de hablar de sí misma, y no le presto demasiada atención, repaso una y otra vez qué voy a hacer. La chica se cree que es la única que ha estudiado en una facultad. La han lobotomizado con el «rollo élite» pero bien bien. Apesta a clase media con delirios de grandeza que tira para atrás.

En la entrada a Oviedo hay una retención. El tráfico va lento y al fondo hay luces rotatorias de ambulancia que golpean los cristales de las fachadas en este día tan gris como latigazos en la espalda de un esclavo. En el arcén hay un zapato rojo de niña y unos metros más allá un peluche mojado y sucio que resulta patético con sus ojos inertes y opacos perdidos en el cielo. El murmullo crece y la gente aparta la mirada de la carretera, es un atropello. Una madre grita abrazada a un cuerpo tapado con una manta arrugada que deja unas piernas pequeñitas al descubierto, colocadas en una posición poco natural, con los pies descalzos y un fino reguero de sangre por encima, igual que el caramelo de un plato de postre en un buen restaurante. La chica y yo somos los únicos pasajeros de este bus ajenos al dolor. Yo no aparto los ojos de esa estampa, aspiro la tragedia a través del cristal empañado que nos separa, pienso en la mesa de Navidad de esa madre que grita bajo la lluvia, en la silla vacía, en la sopa sin dueño, en los regalos sin abrir bajo un árbol falso lleno de destellos luminosos, ella sigue con su charla universitaria, con el claustro de la universidad y la estatua de Valdés Salas. Un poco antes de llegar a la estación se da cuenta de que no ha parado de hablar y se avergüenza. Se calla un momento. Me mira un par de veces de reojo. Como no digo nada, me pregunta que a qué me dedico. «A robar y a violar», por fin contesto.

Deambulo por los pasillos y plantas buscando alguna víctima propicia, la habitación adecuada.

Tengo que entrar en habitaciones con pacientes moribundos que no me reconozcan y con visitantes mujeres y ancianas a las que les pueda quitar la cartera o el bolso con facilidad, ganándome de forma rápida su confianza mediante la lástima o la compasión. Digo: «Sí, soy su sobrino», «Soy su hijo», «Soy un vecino del pueblo». Espero un descuido, un acercamiento. Aprovecho cuando los visitantes van al cuarto de baño o salen a fumar si son jóvenes. Paso desapercibido con la ropa de viejo que mi madre compra con esfuerzo, o la que heredo de mi hermano. Entonces, les quito la cartera o me marcho con su bolso o les hurgo en los bolsillos.

Al cabo de hora y media me tengo que ir. Empiezo a notar revuelo. El botín no ha sido nada malo y me planteo robar de este modo en los otros tres hospitales más o menos grandes de la región.

Ya de vuelta, me sumerjo en el asiento del autocar recreándome en el cuento de la lechera, recobrando poco a poco la tranquilidad.

El agujero no abre hasta pasada la una de la madrugada, cuando las putas están ya totalmente metidas en faena. Pienso contarles lo que hay a los tahúres, darles todo lo que tengo y prometer volver con más. No creo que haya problema, pero hasta entonces voy a beber todo lo que pueda e intentar anestesiarme porque el robar me ha puesto eufórico y tengo los nervios a flor de piel. Nervios de esos que piden violencia física o sexo o cocaína hasta que el corazón reviente, y ahora, al principio de la noche, una marea de legionarios o albañiles y cachifas me lleva a una zona que debe de estar de moda. Hay bares nuevos. Impersonales. Iguales. Las personas también son iguales, parecen fantasmas, fantasmas de los bares. Me río solo.

Pido un vaso de vino en un bar que se llama Calígula donde las camareras van vestidas de romanas. «No hay vino», me contesta una venus de barriada con unos melones inabarcables por su burda túnica de comercio chino. Le digo que en cualquier bar de Roma me servirían vino, pero con el ruido no me oye. Grita, quiere facturar, está allí para poner a los hombres calientes y vender alcohol de garrafa. Dudo también que me entienda o que sepa dónde está Roma o quién era Calígula, pero me da igual, no pienso pagar. Llevo haciéndolo a lo largo de todos los bares de la calle. Pido, me hago el longuis, bebo y, en un descuido, me marcho, pero la perra esta no me quita ojo, dice que le tengo que pagar. «No te pienso dar un duro por esta bazofia, perra, así que deja de darme la tabarra y vete a atender al ejército de garrulos que te quieren quitar la saya esta noche.» La chavala va a avisar al encargado.

El encargado es un chico joven. Va vestido de turista, como los pijos madrileños que vienen en verano al norte y se ponen bermudas de colores, un polo lleno de letras y anuncios y calzan alpargatas de esparto con afán populista, unas alpargatas que les acerquen un poco más a los pobrecitos lugareños, lo que pasa es que este notas es un guapito de cara que se saca unos duros en verano figurando en un bar de mierda. Vestido de alpargatas y bermudas en pleno diciembre.

Me pregunta que cuál es el problema, y le contesto que empezamos mal porque no es uno, sino varios.

Al chico se le ve nervioso, inexperto, se le nota bisoñez en el arte de putear. Voy a tensar la cuerda hasta que avise al portero, lo busca con la mirada mientras me advierte de que tengo que abonar la consumición. Contesto: «No me sale de los cojones abonar ninguna consumición. La camarera me ha insultado, ha tardado en atenderme, me ha discriminado, puesto que a los demás clientes les sirve en vasos anchos con mucho hielo y a mí me ha puesto este vaso de tubo de puticlub lleno de morralla. Le he pedido Johnnie Walker y me ha puesto un Dyc, y cuando me he quejado ha ido corriendo a avisarte. Y todavía te digo más: no voy a perder ni un solo segundo hablando con un mindundi como tú, así que avisa al encargado del local y haz el favor de traerme la hoja de reclamaciones y... ni se te ocurra avisar al portero porque te voy a meter en un lío de tres pares de narices, desgraciao.» Cuando acabo mi discurso el carapijo está encharcado en rabia y vergüenza y sale de la barra en busca de aliados. La camarera no se ha movido de nuestro lado, aprende rápido. Ha comenzado su carrera en la barra de un garito de moda. Ahora piensa en el guapito de cara pero pronto viajará de polla en polla hasta un colchón lleno de billetes, aunque sea el de un viejo seboso con el vello púbico blanco y ralo y un apéndice fláccido recubierto de esmegma. Más allá de su mirada puedo ver que jamás se acostará con un obrero, un trabajador, ni siquiera un funcionario, es una medradora nata. Ha aprovechado la bronca para descansar. Antes de que vengan los refuerzos le digo que voy a volver otro día a quemarle la faz con ácido, «te voy a desfigurar tanto la cara que hasta un mandril de Borneo vomitaría al verte». Mi voz y mis gestos la llenan de terror y disfruto.

Me han echado del local de forma más o menos civilizada, la cosa podría haber sido mucho peor. Estoy rabioso, pero no tengo un porqué, al fin y al cabo me he tomado tres o cuatro copas gratis con el mismo método.

Miro a las personas bailar tras los cristales. Odio a la gente que es capaz de disfrutar de la vida. De todos los lugares que voy dejando atrás, hay uno diferente, la gente parece mayor, hacen lo mismo que en los otros, beber, bailar, contarse mentiras para poder follar..., llevan incluso ropajes parecidos, pero aquí no son tan jóvenes. Es claramente un bar de segundas, terceras o quizás cuartas oportunidades. Dentro está la ex mujer de mi hermano con sus amigas separadas, y me ven. Huelen a perra. Han perdido la piel resplandeciente que algún día, hace años, las envolvió, por eso se maquillan y se pintan. Sin embargo, la noche y el sudor las van despojando de sus mentiras de la forma más cruenta, y ahora se muestran ante mí ridículas y descascarilladas como puertas viejas.

La ex mujer de mi hermano me besa alegremente, me invita a beber, me presenta a sus amigas, se muestra condescendiente, pues siempre me ha considerado un ser frágil, un desgraciadito en resumidas cuentas. Aun así, sabe que fui fiel al secreto de su boda, cuando la vi en el retrete agachada sacándole el alma por la polla a aquel hombre. También me mantuve al margen en la guerra familiar de su separación, pero eso ya no tuvo tanto mérito, pues tres cojones me importaba a mí su matrimonio.

Me habla de la vida y de lo que crecen sus hijos con unos términos que denotan una desoladora frivolidad, mientras da vueltas y saltos a mi alrededor y los pechos le botan frente a mis narices y un olor caliente mana de su cuerpo. Le digo que se calle y que me invite a beber, entonces le cambia la mirada y se acerca mucho más para hablarme cosas que no dicen nada, letras juntas solamente, bolsas de aire que salen de su boca a muy poca distancia y explotan justo frente a mí.

Tengo un poco de cocaína aún de la que Bulnes me dio. Nada más mencionarlo me arrastra al baño de mujeres, se encierra conmigo en un váter, me arranca la bolsa, la divide en dos sobre la cisterna sin preguntar y esnifa su parte en bruto como si fuera un elefante en su último estertor, después se baja los pantalones y las bragas y mientras mea me palpa la entrepierna para notar si me pongo duro. Quiero sacármela, pero no me deja, «Todavía no».

Tengo una excitación tal que me metería en un ring con Tyson sin ningún temor al K.O.

Estoy bailando, poniendo caras raras mientras cuatro cuarentonas me rodean. Hablo incluso con Boby, un pagafantas que nos lleva de acá para allá en su cochazo.

He gastado el dinero que robé para lo que debo en más cocaína, y no he ido al agujero a excusar mi deuda, ni al trabajo, pero ya nada me importa. Espero paciente a que acabe la noche, me abandono cuesta abajo disimulando la ansiedad que me provoca la posibilidad de follarme a la ex mujer de mi hermano, dejando que sea ella quien maneje los tiempos, pues no hay ninguna duda ya de que su perversidad supera mi propia depravación.

La ex mujer de mi hermano ha vuelto a cambiar de piso. La follo sobre el agotado mármol del portal, la arrastro por el suelo, le tiro del pelo mientras se despelleja las rodillas, le azoto las nalgas, le meto los dedos por el culo y después se los meto en la boca, la insulto mientras la señora de la limpieza desearía no haber ido a trabajar esa mañana. Está tan excitada que se dejaría matar. Yo tengo tanta cocaína en mi cuerpo y estoy tan desbocado que parece que mis tubos sanguíneos se hayan vuelto de cristal. Están tan rígidos que no puedo doblar los brazos. Me duele el pecho. Vomito y sangro por la nariz.

Una mulata con acento raro me despierta. Me dice que la señora ya no está y que si quiero comer algo. No sé ni dónde estoy ni qué hora es. Hay un blíster de Orfidal en la mesita y medio vaso de agua. Me visto a duras penas y meto las pastillas en el bolsillo. Revuelvo en los cajones de la mesita para ver si hay más. Mis extremidades están hinchadas, blancas y frías, y un sudor de muerte me invade. Al salir de la habitación, un niño que parece mi sobrino, o que quizás lo sea, me lanza sus juguetes a la cara con odio. Le digo a la mulata que me saque de allí.

Y mi sexo es como un árbol centenario desmesurado y torcido, y las venas que lo abrazan son las raíces que lo aferran a mi bajo vientre. Siento que mi pene es la prolongación física de mi propia maldad.

El hambre me retuerce las vísceras más profundas. Es una sensación parecida a tener unas manos diminutas arañándome los intestinos. Me emparanoio con la idea de tener unas manos de bebé rascándome las tripas por dentro. Necesito comer. Las pastillas no logran reducirme la ansiedad y tengo una hemorragia continua en una de mis fosas nasales. No tengo dinero, nada. Creo que me persiguen, oigo ruidos, son animales mezclados, también veo sombras que pasan veloces ante mí y no puedo pararme a pensar nada, no logro discernir si lo que me pasa es real o lo sueño. No me acuerdo de nadie a quien pueda acudir. Cuando me acerco a alguien, huye. Percibo en las personas el miedo que desprendo.

Estoy cerca de un parque que conozco bien. Suele haber muchos niños y no me será difícil quitarle la merienda a alguno y huir. De entre los pocos que quedan, precisamente hay uno tirando gusanitos a los patos del estanque. Es un niño gordo. Tiene el pelo muy rubio en los extremos y muy oscuro en la raíz. Le arranco la bolsa de un tirón y me meto los gusanitos a puñados en la boca. Tengo tanta hambre que no me percato de la presencia de su padre, o su abuelo o el hombre que simplemente lo acompaña, y me golpea. Intento defenderme, pero soy incapaz. Un tumulto de gente me rodea. Me han tirado al suelo y amenazan con llamar desde sus móviles a la policía. Cuando logro incorporarme un poquito alcanzo a ver un trozo de pan húmedo y picoteado por los cisnes, bamboleándose en la orilla del estanque. Me arrastro hasta él y lo como de la misma forma en que los hebreos engulleron el maná. Está encharcado y blando, maloliente, pero no me importa. La gente se marcha poco a poco, alguien dice: «No le pegue más, es un loco.» Hay dos perros olisqueándome, la policía no acaba de llegar y creo que mis amigos del parque me escupen a la cara el humo mágico de sus cigarros.

Todos deberíamos morir en el momento más feliz de nuestra existencia, en la plenitud de la realización, en un acto contra natura, pues casi nunca coincide ese apogeo con los últimos instantes de la vida. Hace tiempo por tanto que debería estar muerto, porque en cada instante de lucidez me doy cuenta de que ya no seré joven nunca más, porque no me fío de las personas, porque recordando días pasados soy consciente de que no podré volver a amar a nadie, porque sé que habiendo desperdiciado aquellos momentos estoy abocado a un conformismo que fagocitará sin piedad cada segundo de mi futuro.

A Cristina todo el mundo la llamaba *guarra* y *zorra* aunque tuviera diecisiete años. Yo también lo hacía, cuando ella no estaba delante, cuando muchos me preguntaban sin vergüenza alguna por mis empresas sexuales y yo les respondía las fábulas que ellos querían escuchar. Fue así, consintiendo las calumnias ajenas, como se transformó mi alma, casi incorrupta hasta entonces, en un auténtico saco de mierda, en un vertedero de frustraciones como el alma de los demás. De esta manera tan poco sofisticada, comencé también yo a hacer magia, magia ruin y vulgar al alcance de todos, la magia de predicar lo contrario de lo que sientes y convencer a cualquier desgraciado. La misma magia de los políticos, la magia de los patios de colegio. Magia de la calle, magia de España, magia de hijo de puta.

El caso es que cuando no tenía que demostrar a nadie mi falta de ética o educación, cuando me encerraba a solas en mi cuarto, la imagen de Cristina se instalaba en mi pensamiento. Pensaba en ella, la oía, la llamaba por teléfono a escondidas, quedaba con ella y paseábamos por sitios donde nadie nos pudiera ver. Sé ahora, de forma veraz, que ella era consciente de todo y que, en su infinita generosidad, en su código de amor, todo le daba lo mismo. Todas sus palabras, todas sus miradas, todos sus besos, me fueron ofrecidos como el último gesto de su vida. A Cristina le olía la piel a jabón barato, un olor exquisito que ya sólo a veces encuentro en sueños lejanos y profundos después de una incesante orgía de alcohol. Toda su piel incorrupta era el esplendor de mi vida, la visión más hermosa de mi ya frágil memoria. Tengo instalado en mis tripas el verano en el que ella y yo nos bautizamos en sexo en un cerro limítrofe, un istmo coronado por hierbas altas que se inclinan a la vez en la dirección de todos los vientos, y acantilados abruptos que sirven de trampolín a los suicidas de la ciudad. A un lado, las grúas del astillero como dinosaurios paciendo a la vera del mar, y, al otro, las verdes praderas del Gijón rural que ascienden poco a poco para que sus árboles centenarios sean lamidos por el viento nordeste. Nos amamos tímidamente la primera vez, y luego, a medida que avanzaba el verano, me tendía boca arriba y ella colocaba sus tobillos a ambos lados de mi cabeza, después se arremangaba la falda hasta la altura del pecho y se agachaba a horcajadas sobre mí para que lamiera su sexo con las bragas puestas, antes de retozar sin condiciones sobre un círculo de hierba aplastada y botellas vacías en las que se reflejaban las nubes y los astros y sus gestos de placer.

Cristina y yo follábamos sobre un círculo de hierba aplastada por la repetición de nuestros actos. Un círculo, hoy, mancillado por jeringuillas y kleenex con semen de desconocidos. La llamaron *puta* porque hubo muchos que dijeron habérsela follado antes que yo, y era mentira. Llamaron *puta* a su madre por haber sido madre soltera. Se rieron de su ropa y de sus uñas pintadas delante de mí, y yo no dije nada, y solté su mano como si de pronto me quemara, la dejé sola y le dije que ella y yo no éramos nada, aun habiéndome regalado el único elixir que aplacaba mi espíritu. Mi alma se diluyó con su sangre el día en que se cortó las venas arrodillada sobre azulejos rotos. Desnuda y descalza. Fría. Diariamente obtengo el castigo de no poder conseguir ser solamente un cuerpo, carne y huesos, porque por más que beba no logro arrancarme del todo los recuerdos. Algunas veces repito el paseo en el que nos descubrieron, y ahueco mi mano derecha simulando la forma de su mano. Me quedo parado justo en el lugar donde la insultaron, y aunque no sirva ya de nada, esta vez no la suelto.

Una música infernal consigue que abra los ojos un momento. Es un ritmo repetitivo y machacón acompañado de sonidos futuristas y electrónicos.

Siempre lo mismo, una vez tras otra y vuelta a empezar. Un bucle demoniaco que nunca se termina. Estoy agazapado en el asiento trasero de un coche y las puertas delanteras están abiertas. De vez en cuando entra alguien a meterse una raya o rebuscar en la guantera drogas, o a coger una garrafa de plástico con un líquido marrón del que beben a menudo. No me puedo mover, solamente alcanzo a levantar un poco la cabeza, intento incorporarme, pero mi cuerpo no reacciona, es como si mi tronco y extremidades fueran de plomo. Tampoco consigo hablar, ni expresarme, apenas logro producir algunos ruidos guturales imposibles de descifrar. Aun así, en mi debilitada cabeza conservo cierto grado de lucidez.

Una chica bonita me coge por debajo de los hombros y me tira al suelo entre dos coches, en lo que parece el aparcamiento de una discoteca. Mientras me tiende a lo largo dice cosas: «Estás muy pasado», «Te recogimos en un parque», «Te enrollas muy poco», «Ya no estás para estos trotes» y otras cosas que no logro entender por mi estado y el barullo que hay alrededor. Está comiendo un chupachup mientras amanece, y tiene las manos frías. Su cara y sus piernas son bonitas, y, por sus gestos, creo que se preocupa por mí. Jugando al despiste, mete el palo del caramelo en mi boca, fugazmente me parece un gesto hermoso, pero al momento lo empuja fuerte hasta el fondo de mi garganta provocándome una náusea hueca y dolorosa. Repite eso un par de veces más hasta que logro expulsar una pasta amarillenta y maloliente, un vómito que resume mi vida. Después, me riega la cabeza con agua mineral de una botella y me echa el pelo hacia atrás de forma condescendiente. Ahora me apoya en una rueda sucia con la cabeza sobre un hombro y la mirada perdida en el caos de coches abiertos con la radio a tope, tarjetas de crédito y carnés cortando coca sin parada, alcohol en vasos de plástico y jóvenes que creen vivir a tope mientras el pesado y distante sol del invierno, al igual que yo, apenas puede levantarse unos metros de la turbia línea del horizonte.

Cuando me despierto de nuevo ya no queda nadie. Estoy aterido de frío sobre la carretera y apesto a mierda porque alguien ha defecado sobre mí.

Arrastro los pies como puedo hasta una gasolinera desangelada en una carretera secundaria. Dentro, el empleado mira la Fórmula 1 en una televisión antigua. Es un tipo joven con una crestita tipo futbolista y un pendiente brillante en una oreja. Al verme entrar levanta las orejas y cambia de posición dentro del mostrador, echa la vista abajo como asegurándose de que el garrote o el cuchillo sigue en el sitio de siempre. Le pido ayuda, le pregunto si me puede dar algo de comer, algún donut caducado, una chocolatina... Antes de que termine de hablar, agarra una porra de madera y me echa del establecimiento insultándome de manera ofensiva. Supe nada más verle que era de gatillo fácil. Me llama *hijo de puta* muy alegremente, sus gritos atraen la atención de otro operario que sale de la trastienda acompañado de una estridente sinfonía de cisterna, subiéndose los pantalones. Es un veterano, me indica con los dedos y una mueca de amenaza la salida, después mira a su pupilo con complicidad, ya tienen una heroica historia que contar esta noche a sus parientas. Tal vez follen.

Salgo pensando en que me gustaría volver con Bulnes a repostar algún día en esta estación.

Desde la distancia diviso lo que en un principio parece un mercadillo de pueblo, con sus toldos de plástico y sus montones de colores. Hay aproximadamente unos cuatrocientos metros de distancia hasta allí y empieza a llover. Cuando llego ya no queda nadie, sólo un grupo de gitanos recogiendo alfombras con herramientas viejas encima y chatarra en unas furgonetas. Les pregunto si estoy lejos de Gijón y si me pueden acercar un poquito cuando acaben. No me contestan, están a lo suyo, apresurándose a recoger todo aquello como si la lluvia lo fuese a destruir o devaluar seriamente en cuestión de segundos. A punto de darme la vuelta, uno de los gitanos me contesta, dice: «Nosotros te llevamos, payo, pero echa una ayudita...» Le pongo una buena dosis de voluntad a la empresa, pero todo lo que me dan para cargar se me cae al suelo. No puedo con el alma. Se ríen de mí. Les digo que no me encuentro bien, y se ríen todavía más fuerte.

Han recogido todo y, antes de irse, me hacen un hueco en la carga y me ayudan a subirme en una de las furgonetas; es de unos hermanos que dicen vivir en Gijón. Conducen como locos y, a cada curva que dan, un montón de trastos se me vienen encima. Voy con los brazos alzados continuamente, evitando las avalanchas de objetos mientras ellos, ajenos a mis problemas, destrozan al unísono una canción de Chiquetete que dice algo así como:

> Esta cobardía de mi amor por ella
> hace que me sienta igual que una estrella
> tan lejos, tan lejos, en la inmensidad...

Con ellos va una gitana joven muy guapa. Va más arreglada, se la ve más moderna. Por lo que dicen no está en el gremio de la chatarra, vende corsetería en el puesto de una tía y al parecer no se le da nada mal. Tiene los ojos negros y brillantes, facciones finas y el pelo oscuro y limpio recogido en una cola, un top morado que le aprieta el pecho y unos pantalones elásticos de color negro combinados con zapatos de tela de leopardo y mucho tacón. Cada poco me mira, yo también a ella cuando la carretera me da un respiro. Cada vez que eso ocurre, el camino se me hace más corto. Reparten unos bocadillos gigantescos y ella me da un trozo del suyo. Tienen vino también y cantamos juntos *Esta cobardía,* yo desde el fondo, apilado entre los trastos como un cachivache más. Podría ir con ellos hasta el fin del universo.

Los gitanos me han dejado muy lejos de mi casa, al fin y al cabo no son un taxi. He caminado tanto que cuando llego las calles están desiertas y se precipitan las persianas a mi paso en medio de la noche. Llevo el sabor del vino malo de cartón atrincherado en cada poro de la lengua. No tengo llaves, las he perdido, y la cartera, y con ella los documentos. Siento la misma tristeza de siempre, incluso más. Haga lo que haga, la vida siempre me conduce de regreso a este humilde portal sin esperanza. No sé cuánto tiempo ha pasado desde la última vez que salí, pero en esta ocasión todos están despiertos, todos levantados esperándome. Mi madre rompe a llorar, no puede soportar la visión que le ofrezco, no llora por mí, llora porque soy un producto alumbrado por ella, porque las cosas ya hace tiempo que no salen tal y como las planea, y no lo puede soportar. Y llorará mucho más si no se rinde al implacable discurrir de las circunstancias. Me cuenta entre sollozos y gritos que han venido a buscarme un par de chavales con muy mala pinta reclamando una deuda de baraja. Imagino que se tratará de Corella y algún colega, porque Joaco no va a salir del zulo y jugarse el tipo para asustar a una pobre vieja, pero es mi hermano el que verdaderamente me demuestra su odio sin ningún tipo de disimulo. A él, la deuda o que me maten no le preocupa lo más mínimo. Me pregunta qué hacía yo durmiendo en casa de su ex mujer, me pregunta cosas que no tienen respuesta o que hablan por sí solas. Le contesto mil mentiras y mete en la riña a sus hijos, se ve que le han contado algo. Le hablo de ellos, le digo lo que yo opino, los rasgos que les veo cuando vienen a casa, su astucia, su prematura zorrería, no me dejo nada dentro y rompo la máxima familiar aquella de la educación siempre por encima de la sinceridad. Esta vez no. Comparo las mentiras de sus hijos con las mías, y se lanza a mi cuello fuera de sí.

Hace años que no veo vestido a mi padre, ni tampoco fuera de su habitación. Hoy lo ha hecho para echarme de casa, y se ha vuelto a ganar mi respeto, no tolero los hombres en pijama, ni acostados, ni los que se pasan todo el día leyendo. No quiere volver a verme. Me lo comunica sin gritos, sin alteraciones, desde el otro lado de la puerta del baño. Estoy mirándome al espejo con la cara mojada. Tengo el pelo sucio, algo de barba, sangre coagulada, roña, me faltan dientes. Sigiloso, aparto el azulejo detrás del cual mi hermano guarda sus ahorros para llevar a Port Aventura a sus hijos y a su ex mujer e intentar reconquistarla. Pobre diablo. Cojo sólo lo suficiente para emborracharme un poco más. Es lo que le cobro por arrancarle ese corazón hipnotizado. Sé además que va a comprobar el hueco del dinero cuando me vaya, así que procuro que no se note demasiado y lo dejo más o menos como estaba. No quiero llevar nada de aquí cuando salga, no quiero nada de esta casa. No voy a regresar jamás ni a echar de menos nada. Antes de irme, le grito a mi hermano desde el descansillo que me he follado a su mujercita en un portal igual que todo el mundo. Se lo digo en un tono bastante elevado para que lo puedan escuchar los vecinos.

Buscaré un bar abierto, un taburete donde aparcar mi esqueleto y, después de beber, una puta desgraciada a la que maltratar si logro empalmarme. Hoy estoy seguro de que nunca me va a abandonar la sed.

Al parecer me desmayé sobre el piano, llené las teclas de sangre, y fin. Me recogieron las chicas del servicio y me llevaron a sus habitaciones. Una de ellas avisó a don Samuel Bodán, un médico que pasa a menudo consulta a sus amantes en la cutre suite del *jacuzzi*. Tardó en reanimarme y tuvo que ir al coche a por su maletín de urgencias. Les dijo a todas que la cosa era seria y que él no quería saber nada de este asunto, que el tema era de ambulancia y hospital, pero entre todas juntaron dinero y consiguieron convencerle de que me estabilizara. Les dio unas orientaciones rápidas y les extendió recetas, después volvió a la habitación a terminar lo que había empezado y, por supuesto, no pagó.

Samuel Bodán no da nunca nada a cambio de nada, siempre cobra, en dinero, en sexo, comisiones... Es otro de los magos que conozco, alguien a quien nunca le pediría un favor.

Las chicas debieron dejar que me muriera, pero un tipo raro había preguntado por mí en el hotel. Las alertó con su aspecto, con su económica forma de expresión. Seguramente fue mi hermano quien le puso en la pista del lugar donde trabajo. Dejó una nota sobre el piano que decía «Paga o sabes», y las chicas no son tontas, una de ellas la leyó sin querer al pasar el paño y la ocultó para que no la viera el jefe. Saben que pasa algo raro conmigo, algo grave. En estos momentos son lo único que tengo, y no sé por qué se toman la molestia de ayudarme. Quizás sea por los viejos tiempos, cuando, vacío el salón, me pedían que tocase algo y así cantar mientras limpiaban. Ahora duermo profundamente en su compañía. Duermo como si fuera la última vez, rodeado de ángeles con uniformes negros.

Pasa el tiempo muy despacio. Valeria duerme acurrucada en una esquina. Es muy respetuosa, lleva poco tiempo en el hotel y en España. Me limpia, me esconde con recelo, selecciona la comida que roba de las sobras para mí, me administra y paga los medicamentos y comprueba que los trago, me deja sobre la cama los periódicos y revistas atrasados de la recepción y del salón porque sabe que la tele no me gusta. A ella sí.

He mejorado, hoy incluso puedo levantarme. La vida de Valeria es bastante más triste que la mía, me la cuenta a diario cuando termina su turno como si fuera un culebrón o una novela por capítulos, con su acento eslavo salpicado de palabras bonitas y graciosas que no entiendo. Me cuenta su vida mientras plancha las sábanas o las toallas que usan los demás. Parece que no haya nada en el mundo que la pueda preocupar, salvo arreglar sus papeles. Ha dejado detrás una vida muy sucia de prostitución, golpes y sufrimiento, por eso trabaja como una esclava sin que le importe demasiado. Siempre en los bajos del hotel, en la lavandería, en la plancha, la cocina. Trabaja sin asegurar por la mitad que las demás y vive en el cuartucho donde deja que me quede. Es una ilegal.

Valeria tiene mucha fuerza en todo lo que hace, en todo lo que emprende, en trabajar, en recordar, hablando, en sus planes... Tiene un umbral de supervivencia mucho más desarrollado que el mío. Yo, por el contrario, no le cuento gran cosa. Rebusco en mis vivencias algo digno de mención y no aparece nada.

En esta habitación hay una sola ventana estrecha y alargada. Ocupa la parte más elevada de la pared, casi lindando con el techo. Su vista se extiende sobre la acera de la calle trasera del hotel y la carretera, así que me he acostumbrado a ver cada poco pies de personas que aparecen y se van y ruedas de coche.

A veces tengo claustrofobia. Hay muchas máquinas y aparatos en los sótanos, y hace mucho calor. Hay ruidos continuos de puertas, de cajas arrastradas, carritos de limpieza que golpean las esquinas que no veo y trajín de personas. A cada ruido le asocio una acción y me la imagino, es lo único que puedo hacer. Los primeros días tenía la continua sensación de que alguien iba a entrar a cada paso, a cada voz, a cada golpe que escuchaba. Ahora ya me he acostumbrado, todas las personas que rondan los pasillos de los bajos saben que tengo mi cuerpo aparcado en el cuarto de la rusa.

He apilado un montón de cajas de toallas junto a la pared a modo de escalera y, algunas noches, cuando Valeria se sumerge en la profundidad de sus helados sueños, me encaramo en lo alto, abato la ventana y fumo un cigarro expulsando el humo lo más fuerte que puedo hacia la calle. Es otra calle trasera más en la que todavía no he visto que pase nada bueno. Gente que vuelve tarde a su casa. Borrachos. Novios que discuten a diario por cosas que no importan. A veces les digo en plena discusión: «Béeeesala», con la misma voz con la que los niños imitan a un fantasma, y lo repito unas cuantas veces hasta que se dan cuenta de que están oyendo palabras que no saben de dónde vienen. Pero siguen discutiendo.

Hoy, un hombre muy cansado está sentado en la acera. Lleva un viejo y sucio acordeón a la espalda, y cuenta, apartando con el índice, todas las monedas que ha conseguido arrancar de mala gana. Una se le escapa y llega rodando hacia mí. Está tan cansado, tan destruido, que la da por perdida. Son cincuenta céntimos llenos de roña y desprecio. La arrojo de nuevo con cuidado, y le llega rebotando hasta los pies. El hombre inclina la cabeza hasta que me advierte. Se levanta, tuerce la espalda para que el acordeón se deslice hasta su pecho, me sonríe. Tiene casi todos los dientes de plata y parece que la luna se le ha metido en la boca. Se aleja calle abajo tocando muy despacio *Extraños en la noche*. Contemplo a Valeria dormir mientras poco a poco y muy despacio la melodía se desvanece.

Antes de acostarme, veo la luna. Parece un milagro. Está tendida de una antena vieja, situada

en el único hueco de cielo que la maraña de fachadas y tejados me deja ver. Anoto el día por si esto
se vuelve a repetir.

Todas las chicas me visitan cuando pueden,
siempre que tienen un rato libre. Me traen regalos,
una camisa, un pantalón, cosas que ponen sobre
mi cuerpo tendido, comparando el tamaño de la
prenda con mis propias proporciones. Cotejan si
me sirven las cosas que me traen, y dicen: «Te va
a quedar perfecto», «Estás muy guapo», me besan...
Hay desde hace unos días tres o cuatro bolsas en-
ganchadas a una silla con regalos. Una camisa
blanca con cuadros verdes, un pantalón azul ma-
rino tipo chino. Unos zapatos de mi número.
Todas esas muestras de cariño me hieren de muerte. Cada vez que alguien me demuestra algo a
cambio de nada, coloca un espejo frente a la conciencia que nunca quiero ver. No creo que vuelva
a ser capaz de reconciliarme con el mundo mientras
viva en mi cabeza el recuerdo de Cristina, aunque
hoy voy a hacer el esfuerzo de ponerme en pie,
vestirme e ir al cine con la mujer que me lame las
heridas.

Cuando Valeria y yo salimos, lo hacemos por la puerta de atrás del callejón como dos gatos que se han quedado atrapados en un contenedor. A la desesperada. Rápidos, pero temerosos y un tanto descoordinados, incapaces de asumir que algo nos haya atrapado. Nuestros brazos se tensan al cruzar la calle corriendo, yo tiro hacia un lado, ella, al contrario. Hasta caminar con alguien requiere una costumbre. Siento cómo me aprieta la mano, y todos los malos recuerdos de hace tiempo se precipitan de golpe, lo mismo que cuando se abre por desgracia un armario repleto de trastos amontonados.

Me he dejado crecer la barba, y tapo el pelo con una gorra de propaganda de café y unas gafas de protección laboral sin graduación que Valeria ha cogido de la caja de herramientas del hombre de mantenimiento. Llevo los cuellos subidos y la barbilla pegada al pecho. Vamos a paso ligero por calles poco transitadas hasta unos multicines cualquiera de un centro comercial de las afueras. Es un barrio desamortizado, una víctima crónica desde la reconversión, llena de edificios que no pueden con su alma. Todos los bajos son bares. En cada uno hay dos o tres hombres destruidos que se agarran a botellas bajo luces mortecinas.

Dentro, el McDonald's está lleno de gitanos

zampando sebo venenoso, y dos niños rascan la pintura del payaso de la entrada con una navaja sin que la gorda que pasa la fregona les diga nada. No me relajo hasta que la oscuridad se adueña de la sala.

Ha resultado difícil elegir una película, el cincuenta por ciento son copias de otras más antiguas. En la cola, una chica que se las da de intelectual delante de su novio, las denominó *rimeiks*. Pobre. El novio.

Valeria ha elegido la historia de un espía de la Stasi al que le mandan investigar la vida de un famoso escritor. El director y guionista es un joven alemán al que todo el mundo alaba. Mientras esperaba en la cola, repasé la cartelera española para ver si algún joven talentoso insuflaba de sangre nueva los carteles. No encontré nada. Son los de siempre. Los mismos perros con distintos collares. Durante la publicidad, antes de que comience la película, recuerdo a Falo, el amigo de infancia de mi hermano, y a su prohibida, inacabada y censurada tesis doctoral: «La endogamia cultural en España durante los siglos XIX y XX». Una bestia de dos mil quinientas páginas con efectos secundarios instantáneos. Una obra total. La verdad. La luz, que triunfa al final entre los muros de hormigón construidos por caciques.

Aunque no lleve unas gafas gordas y negras, Valeria tiene muy buen criterio. De camino a casa le pregunto si en su idioma existe la palabra *rimeik*.

Valeria tiene una mesita hecha con libros apilados, coronada por una servilleta del hotel. Hace poco, el despertador no se veía; ella se colgaba del larguero de la cama para intentar apagarlo. Ahora levanta un palmo por encima de su cabeza, y le basta con estirar un brazo para llegar a él. Al lado del despertador hay una foto de ella muy joven, apenas reconocible, en un teatro, abrazada por su padre, que sonríe mientras la sujeta por los hombros, orgulloso.

Yo no tengo fotos así con mi padre. Está a mi lado, sí, me sujeta, pero no desprende ninguna emoción, es una falsa pose para apenas un instante. Cualquiera que observase una foto nuestra adivinaría el resto, lo que ocurre luego, el cómo me suelta después del clic, el cómo se larga del encuadre y me deja solo.

Nunca he hecho nada del agrado de mi padre. Nunca me ha felicitado por algo, no me ha enseñado ni a amarrarme los zapatos. No ha malgastado jamás diez minutos de su tiempo en intentar explicarme nada. Sus únicas inversiones han sido la amenaza y el silencio asesino de su mirada. Creo que hasta detesta mi cuerpo, los rasgos de mi cara, mi forma de caminar, hay algo en mí que no soporta, que le provoca una aversión no dominable, sin cargo de conciencia. En cambio, los actos de mi hermano son inescrutables. Los aciertos son suyos; los errores, de los demás. Para mi padre, la vida se ceba de continuo con él, ensañándose sin ninguna explicación. En las antípodas de esta injusta singularidad me encuentro yo, despreciando las continuas y maravillosas oportunidades que el vivir me va brindando, sin ningún tipo de mérito, con insultante desprecio bajo la pesada losa de sus escasas opiniones.

Hubo un tiempo en el que me esforzaba sin cesar por hacerle feliz, y me sentía mal por no conseguirlo. Un día de San José le llevé un piano hecho con pinzas, y me dijo que a qué tipo de colegio iba yo a perder el tiempo.

Me pregunto cómo sería yo como padre, si aún me queda dentro algo bonito que ofrecer a un niño, si este cuerpo tan sucio y agotado y estos brazos tan cobardes podrían albergar alguna vez los miedos tan absurdos de la infancia. Si podría morirme algún día con el recuerdo y la nostalgia de ver a mi descendencia corriendo por la playa a la orilla del mar, en un atardecer sin viento antes de cerrar los ojos para siempre.

¿Cómo pudo ser mi padre así siendo hijo del abuelo que yo quise?

Mis pensamientos se quiebran de repente con un chisporroteo extraño. En la calle, un borracho mea contra la pared. Los arroyones de pis están entrando por la ventana, y doy un salto en busca de soluciones.

Quiero arreglar esto como sea. No quiero que Valeria se entere.

Antes de dormir, cuando los ruidos del día a día van cesando, me llegan lejanas las notas del piano de la cafetería. Valeria no me ha dicho nada. Ella también las escucha, e intenta disimular hablando de temas absurdos o subiendo el volumen de la tele o abriendo a tope el grifo del cuarto de baño para intentar que yo no las oiga o que me duerma. Cree que en mi situación podría afectarme escuchar cómo otros aporrean el piano. Le pregunto a Valeria que cuánto cree que podría hablarme o hacer ruidos absurdos antes de que me diese cuenta de que ya hay otro tocando. Leyendo una novela a la que hace más de media hora que no le pasa página, me dice que podría hablar hasta que se acabasen las canciones pero, aunque no se lo digo, los dos sabemos que las canciones son infinitas.

Enciendo un cigarro. Le pregunto quién es. Cierra la novela, la deja en su montón. «Pareces periodista», me contesta. «Es el chico que te sustituía cuando no venías o llegabas tarde.»

Santi. Santi es un caradura que cada dos por tres se presentaba en el hotel para ver si por fin me habían echado o directamente me había muerto. No tuvo nunca ningún tipo de pudor en entregar su currículo delante de mí, y muchas de las noches en las que yo estaba más borracho que alguno de los clientes y el camarero se chivaba al encargado, no tardaba mucho en presentarse y decirme que me fuera con más autoridad e insolencia que las de mi propio jefe. A Santi nunca le he dado pena, le doy asco, y tengo que reconocer que me esforcé mucho por que eso ocurriera, lamiendo las teclas del piano de arriba abajo o meándome en el taburete justo antes de que él se sentara. Su carrera empieza en el vertedero donde yo terminé la mía. Comencé en una orquesta sinfónica extranjera, y terminé en un picadero al lado de la autopista y las vías del tren al que llaman hotel. Mi talento, aunque fuera por un instante, quedó reconocido, nunca más tuve que demostrar nada a nadie. Él comienza aquí y acabará en un puticlub de carretera contando chistes de obreros y lavándoles las bragas a las putas, porque, aunque personalmente sea un trepa, sus muñecas son de piedra y sus dedos de acondroplásico, y tiene la sensibilidad en el lugar por donde alumbra sus heces.

Vuelve a ser lunes y ya me he acostumbrado a hablar siempre un rato con Toni y su mujer antes de sacar las entradas. Ya no trabajan en aquel supermercado. Ahora tienen una tienda de gominolas en el centro comercial donde Valeria y yo solemos ver una película los lunes, el día del espectador. No quedan cines en el centro de la ciudad. Han derribado algunos, otros han pasado a ser hamburgueserías, discotecas, incluso un casino, y el Arango es hoy en día una *corporación dermoestética*. Sin comentarios. Aún recuerdo la recogida de firmas que se hizo en la ciudad en contra de semejante expolio y la respuesta de uno de los hombres al que se le solicitó la rúbrica delante de mí. Contestó: «Yo no quiero cultura, quiero tías buenas, y si en el Arango a partir de ahora van a quitar grasa de culo y poner tetas a las chavalas, cojonudísimo.» Ese hombre resume perfectamente la filosofía de una mayoría de la ciudad. Le cuento eso a Valeria y reímos juntos, es la primera vez en mucho tiempo que eso sucede. Lo sabe.

A Valeria no le hace falta operarse, es una hembra imponente. Cara de actriz porno, pechos grandes y blancos, piernas rectas. Es discreta, pero percibo la forma en que los hombres la miran, yo hago lo mismo. Aún no lo hemos hecho, tengo que aprender otra vez a querer a las mujeres. Quisiera ir a la tumba de Cristina y hablar con ella, arrojar las palabras a la lápida que pone su nombre y ver qué pasa...

La tienda de Toni y Mari se llama Mundo Chuche. No creo que nadie se vaya a hacer rico con un negocio con ese nombre. Cada lunes se alegran mucho de vernos, quieren incluso invitarnos a cenar un día de éstos, pero no estoy preparado para las charlas económicas de Toni. Toni y Mari saben más que los propios bancos. No hacen más que hablar de que les han dado una hipoteca por mucho más dinero de lo que cuesta su piso. Con el dinero sobrante lo han arreglado entero, ellos exactamente lo llaman *redistribuir,* lo han decorado e incluso se han comprado un coche. Yo no logro entender nunca cómo eso puede ser posible, pero al parecer cientos de parejas lo están haciendo. Hago un cálculo rápido de las gominolas que hay que vender al día para pagar una letra más o menos media, y me entran escalofríos. Supongo que en los bancos ha entrado a trabajar ya toda la hornada de la logse o algo por el estilo, porque de otra forma no lo entiendo. No podría soportar una cena con Toni y Mari explicándonos los tipos de interés o el Euribor, aunque imagino que a Valeria le encantaría.

Pasan las horas y el tiempo esperando a que ella termine su trabajo, o a que alguna de las chicas me venga a visitar con cualquier noticia nueva. Mientras eso ocurre, enciendo la tele por puro aburrimiento, es la hora del telediario. Los telediarios de hoy en día son bombas de destrucción masiva. Muestran las mayores barbaridades de nuestra sociedad sin ninguna traba. Parece que el derecho a la información solapa otros derechos como el de la dignidad personal. No sé qué tipo de pervertido está al mando de esos programas, pero para resumir el de hoy diré que nos ha mostrado el asesinato de unos niños a manos de su madre porque no sabía qué hacer con ellos el fin de semana. Fin de semana en el que por fin conocería a uno de sus ciberamantes, un hombre al que había engañado acerca de sí misma amparada en el anonimato de Internet. No faltaron los retratos de ella columpiando a los pequeños en aparente armonía y los testimonios de vecinos y conocidos que, casualmente, ahora que ha ocurrido, preveían que podía suceder. Luego un político de derechas hablaba en contra de los inmigrantes, de la enseñanza pública y de la Ley de Memoria Histórica. Todo suponía para él un auténtico despilfarro de dinero público. Era hijo de político, nieto de militar y biznieto de ministro, es decir, generaciones tras generaciones con cientos de oportunidades. Entiendo que no tendría a ninguno de los suyos enterrado en una cuneta, que ni quisiera pudiese imaginar que sus hijos se vieran algún día compartiendo comedor en un colegio rodeados de inmigrantes. Deduzco que el tema de la sanidad y las listas de espera se la suda a un tío que puede pagar para que un médico privado vele por la salud de su familia.

A continuación, en la sección de deportes, justo un poquito después de una catástrofe en Centroamérica que ha sembrado aquello de tragedia y hambruna, se anuncia con alegría el fichaje más caro de la historia del fútbol español, o mundial, ya se me ha olvidado. Es un muchacho brasileño con cara de alelado que se va al Madrid por sesenta y pico millones de euros. El Real Madrid siempre me ha parecido un timo, no juega allí casi ningún madrileño, son todos maricones. Ahora que el Sporting está en segunda, deseo que los revienten a hostias y goles en San Mamés once vizcaínos con un par de cojones.

Al terminar el telediario hay un programa de corazón. Me acabo de enterar de que se ha casado el príncipe de Asturias con una chavala que precisamente presentaba un telediario. Me entero de que ya estuvo casada, que fue republicana, atea y es adicta a las operaciones de estética. ¡La Virgen!..., cualquier día de éstos explota España.

A priori podría parecer difícil la convivencia de un hombre y una mujer relativamente jóvenes en un sitio tan pequeño, pero no es así. Estoy tan cansado, tan demolido, que lo único que apenas puedo hacer es concentrarme en no molestar. Me ducho cuando ella se marcha, hago mis necesidades cuando sé que no va a volver, mantengo la cama intacta y doy largos paseos por la habitación aprovechando una pequeña parábola que me ofrece la distribución de los muebles. Ocho pasos. Tengo una silla para leer en la que paso largos ratos, y me encaramo a la escalera que hice con cajas de toallas una o dos veces al día a fumar los pitillos que se dejan olvidados los clientes y que las chicas me traen después de hacer las camas, estirando mi hocico hacia la calle como un lobo que aúlla en la cresta de una roca. Valeria, en cambio, se nota que está acostumbrada a compartir. Baño, espacio (poco), conversación, todo. Proviene de un país sin herencias morales religiosas. No percibe peligro ni cargos de conciencia por compartir habitación con alguien de distinto sexo. No me sorprende. Ya conozco esa sensación de vergüenza que nos hace sentirnos como auténticos paletos cuando salimos fuera. En Polonia me tocó compartir habitación con una búlgara. Al principio me pareció más fea que una nevera por detrás. Tenía el pelo negro y ralo, acné juvenil alrededor de la nariz y unos dientes que la primera vez que los vi parecían los de esas dentaduras que se pone la gente en carnaval cuando se disfraza de idiota. Le dije en mi ridículo inglés: «Bonita dentadura», y estuvo unos días sin hablarme. Era una chica bastante rara, física y mentalmente. Tenía un baúl con fruslerías alimenticias cerrado con llave. Galletas Oreo, chocolatinas de coco, caramelos masticables, donettes, etcétera, y yo no sé qué más comía, pero cada vez que iba a cagar hacía saltar de nuevo las sirenas de ataque aéreo del centro de Varsovia. Aquella chavala empujaba las tripas como un elefante con resaca, no se podía imaginar uno, sin acabar volviéndose loco, cómo una mujer que hacía llorar a las estatuas interpretando la sonatina en *sol* mayor de Dvořák, podía defecar de aquella forma.

Tenía los hombros estrechos y escurridos, las tetas como calcetines ejecutivos rellenos de arena, una cinturita muy estrecha y, sin embargo, la cadera como la de una burra aceitera unida a dos cilindros celulíticos sin forma en los tobillos, pero, aun con todo, cuando tocaba el chelo en la habitación sentada en bragas y camiseta despertaba un no sé qué que la hacía apetecible.

A finales del invierno en que yo estuve, la visitó un belga que se llamaba Fabián. Fabián no tenía ni para pipas. Había venido desde Amberes haciendo autoestop. Usaba dos pares de calcetines y chanclas de cuero ibicencas en plena ola de frío, pantalones morunos y chaquetas de lana tejidas a mano. Era una especie de versión marrana de Woody Allen, un hippie trasnochado con sortijas y perilla.

Me preguntaron de manera muy educada si podía quedarse en la habitación, y me vi comprometido a decir que por mí no había problema.

Me hacía el dormido habitualmente, pero aquel adefesio belga follaba como un león con sed. Hacía unos ruidos secos que hubieran acojonado a Viriato. Mi paciencia llegó al límite una noche en la que, estuviera dormido o despierto, poco ya les importaba. Encendí la luz de la mesita bruscamente y les dije que aquello no podía seguir así. Me miraron sonrientes, con los cuerpos enzarzados todavía, y, al ver Anna que estaba semiempalmado, estiró los brazos, me bajó el pantalón del pijama y, tirándome del cimbel, me metió en la cama con ellos. Aquellos días fueron de los mejores que viví, eso sí, cuando el belga se marchó, no volvió a dejar que durmiera con ella.

A veces me enviaba cartas a casa donde recordaba aquel invierno. Está casada con un profesor alemán de historia y querían visitar España. Nunca contesté. No me pueden dar bombones y quitármelos de golpe por muy búlgara que se sea. Ya lo sé, le contaré esto a Valeria cuando vuelva para ver si se ríe. Le contaré qué me pasó para que haya tenido que hacerse cargo de mí.

Isa y Lili vienen a verme a menudo. En este día, un poco diferente a los demás por insignificantes detalles, la lluvia golpea incesante el ventanuco y al discurrir calle abajo parece que el cuarto esté sumergido en el fondo de un río y yo sea un pez que me mantenga al acecho sobre un alga. Llaman a la puerta cuatro veces. Tresillo y corchea, *un-dos-tres, un,* ésa es la contraseña. Isa hace habitaciones; Lili trabaja en la cocina, es la que me aparta la comida. Isa lleva un flequillo a lo *pin-up* y tatuajes de vírgenes mexicanas por los brazos. Vestida con ese delantal y la cofia, parece que me va a hacer un numerito erótico de un momento a otro. Lili es rellenita, sin llegar a ser gorda ni muchísimo menos. Sus pechos deberían ser patrimonio de la humanidad, y también su culo de melocotón y sus rotundas piernas. Las dos son hermosas, femeninas, sinceras. Podrán ser felices y hacer feliz a quien quieran. Después de tantos días ya no se andan con rodeos, quieren saber en qué estoy metido. No contesto. Lili, que es más benevolente y no aguanta la tensión de mi silencio, cambia de tema para preguntarme si Valeria y yo nos entendemos, pero en el fondo sabe ya de sobra lo que hay. Son temas que funcionan mejor entre mujeres. Estoy seguro de que Valeria les habla de cómo soy y de nuestra extraña convivencia. Saben más de nuestra relación seguramente que yo mismo. Se siente mal por haberme preguntado qué líos me han llevado hasta la habitación en la que me encuentro, a este estado y a este encierro. Para quitar hierro al asunto se me ocurre una frase como «Sois un par de cotillas pervertidas», y la conversación da un giro hacia lo erótico mucho más entretenido. Me cuentan, exagerando su emoción,

122

que Genaro, el de mantenimiento, se la ha metido doblada al encargado, bueno, más bien a su mujer...

Genaro tiene aproximadamente unos sesenta y tres o sesenta y cuatro años. Lleva un bigote de los de antes y fuma Habanos. Ha desempeñado la mayoría de los oficios existentes y en una gran cantidad de países. Tiene un cuerpo aún rocoso, un tanto ridículo por conservarse así a su edad, cincelado por todas y cada una de las vicisitudes de la vida laboral que ha ido dejando atrás, desde que a los dieciséis años se fue de su casa harto de palos y de una habitación repleta de gente en la que dormía tirado a los pies fríos de su abuelo, que ya no podía cortarse las uñas y le rajaba la cara con ellas por las noches.

Cuando las cosas se ponen feas o alguien le toca las pelotas, le mete prisa o se las da con él de listillo, Genaro saca a relucir su pasado en la legión, como si la legión fuera el alto tribunal de Estrasburgo.

Genaro se ha casado cuatro o cinco veces. Tiene una empresucha de mantenimiento que desarrolla su actividad casi en el ámbito de la economía sumergida, él mismo es director y plantilla. El promedio es de cien trabajos, tres facturas. Sus métodos publicitarios y de márketing siguen siendo los almanaques de mujeres en pelota, bolígrafos que al inclinarse dejan desnuda a una zorrupia y llaveros articulados que simulan los movimientos pélvicos de una pareja cohabitando. Tiene algunos hijos reconocidos con los que cumple como padre, y muchos otros sin reconocer, y el vicio de las mujeres y la fornicación, vicio que se acrecienta a medida que las sombras de la andropausia le van conquistando los cojones. Él no tiene ningún reparo tampoco en reconocer su consumo de medicamentos para reflotar la virilidad, y la guantera de su furgoneta, su caja de herramientas o la taquilla del vestuario están atestadas de cajas de Viagra, Cialis, bolitas de ginseng o cualquier otro alzarrabos del mercado, porque Genaro folla mucho y a diario. Durante toda su vida ha ido dejando amantes desperdigadas por todos los lugares que frecuenta y que repara, camareras veteranas en cafeterías de barriada, personal de limpieza de naves industriales, secretarias de talleres mecánicos... Con pastillas o sin ellas, Genaro folla tanto que aún podría peinarse en el reflejo del capullo. Lo tiene brillante, pulido como un retrovisor de coche antiguo. Me cuentan que Genaro le ha sacado los cuartos al camarero, al chivato, con una apuesta muy arriesgada.

Hoy han entrado de golpe en la habitación. En cuanto oí la llave maestra girar, me tiré de la cama y traté de meterme bajo ella con el máximo sigilo. Desde allí pude ver unos zapatos castellanos y un pantalón caqui con dobladillo en los bajos. No hay duda, es el encargado del hotel, y al cabo de un rato todo se impregna de esa colonia apestosa de viajante con éxito. Ahora que sé quién es, no me preocupa demasiado que me descubra, siempre me ha temido demasiado, siempre ha huido de mí. Era él quien de continuo se escondía por los pasillos, el que nunca me pudo sostener la mirada y cerraba los ojos para hablar conmigo.

Escondido bajo la cama, juego a imaginar su vida, una vida también al límite, me refiero a lo económico, por supuesto. Último modelo de todo, casa nueva en el barrio de moda de los treintañeros que quieren tener cuarenta, gimnasio de diseño donde conoció a su mujer, una separada a los dos meses de su primera boda que se pagó unas tetas de goma para superar el trance, una muñequita con liposucciones hasta en los sobacos, bronceado perpetuo y la raya de los ojos y el perfil de los labios tatuados. Un florero de manual con la que frecuenta garitos de intercambio de parejas intentando que las cosas no se le vayan de las manos.

Recuerdo cuando la llevaba en Nochevieja al hotel antes del brindis, para restregársela por la cara a los cuatro desgraciados que le hacen la pelota y se acuestan cada noche imaginando que algún día serán como él y tendrán una mujer así.

Genaro, el de mantenimiento, la tiene entre ceja y ceja desde que le puso la vista encima, desde que vio cómo reaccionaba a sus piropos chuscos con una apestosa falsa molestia, desde que sabe que, al igual que él, siente un irrefrenable apetito entre las piernas, porque todos los viciosos de Gijón la conocen y desean. Todos los que crecieron demasiado rápido y acabaron coincidiendo en los senderos de la sordidez.

Ha apostado con el chivato de la barra que pronto se la va a follar como si fuera su último polvo, y el chivato va a perder aunque haya aceptado la apuesta con la seguridad y emoción del que nada sabe de la vida.

El encargado abre el armario, se queda quieto, unos calzoncillos caen al suelo tan cerca de mí que noto la corriente de aire que se forma en la punta de las pestañas. Va al aseo y se oyen los cepillos de dientes golpear contra el vaso. Algo anda buscando, algo pasa, el tiempo aquí se está agotando.

Últimamente noto en Valeria cierto poso de melancolía, una tristeza que seguramente le he transmitido por una mera ósmosis de convivencia. Ha conseguido de un modo sorprendentemente rápido sus papeles, pero yo no veo que haya sido eso un motivo de alegría. Habla poco de ello, a veces, de pasada, me comenta que tiene un amigo policía que está haciendo mucho por ella. Irremediablemente pienso que se está acostando con él para obtener los documentos y que quizás se sienta mal por ocultármelo. No tengo ninguna autoridad moral para preguntárselo directamente. Si eso fuera, me gustaría que me lo contase y decirle que no me importa.

Esta tarde, no sé por qué, siento un soplo de esperanza dentro de mí, veo las cosas con una mayor amplitud de miras. Si encuentro el valor y la fuerza necesarios, quiero decirle a Valeria que nos vayamos a otra parte, a un apartamento, a otra ciudad, a otro país. Contarle que tal vez pueda encontrar un trabajo, y tratar de empezar otra vez. No puedo pasarme la vida metido en un agujero y salir los lunes a escondidas por la puerta del callejón para ver una película o dar un paseo. Estoy pensando en todas esas cosas y en cómo proponérselas a Valeria cuando veo entre todos los periódicos atrasados que nunca llego a leer la portada de uno de ellos. Trae una foto grande donde Bulnes mete en un coche policial a un delincuente. El titular dice lo siguiente: «Detenido el asesino de la discoteca Pipol's. Tras tres años de búsqueda, Joaquín Rodríguez Peñón, el que fuera portero de la discoteca Pipol's y presunto autor de la muerte de dos adolescentes, es descubierto en un zulo de un garaje [...].»

Me siento un poco mejor.

Genaro es Dios. Se presentó un día en el hotel con la hija de un rumano que le compra las chatarras inservibles que repara. Es la única de sus hijas que todavía es hermosa. Tiene dieciséis años en el rostro y en su partida de nacimiento, pero ochenta en sus orificios corporales, y en su vello púbico anida ya una floreciente colonia de ladillas. Lleva por lo menos dos años ejerciendo la prostitución en un polígono en el que las naves de congelados expulsan un olor parecido al de sus bragas –gamba y bacalao–, pero eso en el hotel no lo sabe nadie. Genaro la ha convencido con apenas unos euros de que se haga pasar por su esposa, y le ha cogido a una de sus hijas reconocidas el vestido de la despedida del colegio y a otra unos zapatos de boda y, según tengo entendido, con ese poco la chiquilla se convirtió en un ángel frágil de dientes estropeados. Cuando el encargado la vio aquel domingo en que una urgencia en el hotel le proporcionó la ocasión, se le hizo la boca agua, le preguntó a Genaro si era alguna de sus hijas, y el viejo zorro, con una sonrisa igual que las que esgrimía el humorista Benny Hill, le dijo que era su esposa y, jactancioso, remató que no podía con ella. «Habrá que ayudar, Genaro, habrá que ayudar.» Genaro sentó a su nueva esposa en la barra a esperar que él terminase su trabajo, le pidió al chivato un refresco con pajita y pronto convino con el encargado un encuentro liberal en un local que mantenía por casualidad, a la vez que reparaba una cisterna con la maña de un orfebre.

Genaro se ventiló a la mujer del encargado, a la maciza del gimnasio, y el encargado se folló a una puta rumana con ladillas en un inmundo colchón redondo del Swinger Palace.

Esto es la comidilla del hotel esta semana, y todas las chicas me lo cuentan con sentimientos encontrados, con una mezcla de satisfacción por la afrenta saldada y cierto resquemor de género por el grado de machismo utilizado en la venganza, una venganza a todas las humillaciones y caprichos que efectúa cada día amparado en su estatus de pequeño jefe. Afrentas fruto de un profundo complejo, que sólo tienen validez con personas necesitadas que se tienen que morder la lengua cuando se lo encuentran de golpe espiando su trabajo, tratando de encontrar un pero a su sudor.

Tirados en el colchón, con nuestros pies descalzos apuntando a una pared rematada en gotelé, con el asfixiante calor del sótano lamiéndonos la piel trémula, pienso en la playa. La misma postura, el lecho sustituido por arena blanca, cuya sequedad penetra en el cuerpo y en el alma y la apacigua. Casi siento una brisa marina que transporte nuestra mirada hacia el azul total y sin límites. Los dos frente al mar creemos un día que nuestra vista es infinita, que nunca se acaba, que alcanza la inmensidad.

Cuanto más cercano noto ese día en que recupero la libertad de vivir, el retorno a los márgenes de lo convencional, más me golpea su silencio, las horas de ausencia que no hace mucho me curaron. A medida que me recupero, se escapa de mí. Tal vez la debilidad me dio pistas falsas y la fiebre me envolvió en sueños que no se fueron con ella, que aún persisten. La esperanza se desvanece con el tiempo en que no está y antes estaba, con sus austeras charlas en las que ya no soy el centro, cuando se pinta los labios y se arregla para salir sin huir a otros sitios que no son el cine barato de un centro comercial.

Todavía no ha llegado, pero noto otra vez próxima la sed que ella me quitó, y no quiero que esto ocurra. Pobres recuerdos, cumplidores inquilinos de esta abandonada casa que es mi cabeza. Cuántos abogados pagaría por echarlos fuera sin abonar indemnización alguna, y cuánto empeño por su parte en aferrarse a un solar lleno de ratas y de deudas. A veces he escuchado a gente inteligente decir que evolucionar en la vida conlleva siempre una traición, ¿por qué entonces yo, que he apuñalado sin escrúpulos tantas veces por la espalda últimamente, vuelvo una y otra vez al mismo punto de partida?

Pregunto a mi conciencia y me responde que todas y cada una de las traiciones que yo he cometido me las he hecho a mí mismo.

Ahora despierto de un profundo sueño con la persistente rasante de un mosquito sobre mi cabeza. Va tan cargado de sangre que apenas puede remontar el vuelo.

Rozo sin querer mi mano con la suya, pero parece tan lejos... No se da cuenta.

Esta noche voy a contarle a Valeria muchas cosas de mí. Todas las cosas que debí decirle mientras me miraba en silencio en estos últimos días tan largos. Cosas que no he contado a nadie. Que salí un tiempo a escondidas con una chica a la que no supe que quería tanto hasta que se suicidó porque, entre otras muchas cosas, me avergonzaba de ella. Que no soy una buena persona y que tiendo a hacerme daño y a hacer daño a las personas más vulnerables que me rodean. Que, estando en peligro, nado siempre hacia el fondo y arrastro hasta allí todo cuanto puedo. Quiero decirle que no estoy curado de esos males intangibles que padezco, pero que he estado tranquilo últimamente, y que ese estado me causa una agradable sensación. Que creo notar cómo el mundo me tiende de nuevo la mano, y no quiero ser yo el que esta vez le dé la espalda. Sé que buscar la calma no va a ser la solución, pero sí el mejor de los caminos, y me gustaría que ella me acompañase por si en algún cruce de los que me vaya a encontrar me despisto.

Ella entra apresurada en la habitación, yo no voy a esperar ni un minuto. He repasado en mi mente, con la ansiedad del que se examina de su última asignatura, las palabras de mi discurso una a una, pero justo cuando empiezo a hablar se marcha. Ha surgido alguna contingencia en el hotel que no logra explicarme. Dice que me adelante yo esta noche y que ella irá en cuanto quede libre. Sale y, al rato, entra. Me sujeta la cara con las manos y me besa. Es un beso que me sabe a futuro, que me despierta un poco de esperanza. Vuelve a salir. «No pasa nada», pienso, se lo diré después, al fin y al cabo ella ya ha visto la película. Hoy vamos a ver *El pianista*. Está programada en un ciclo de Roman Polanski, en la sala más pequeña. Lleva insistiendo unos días en que la veamos. Está convencida de que me gustará mucho y me ha adelantado que es la historia de un músico polaco durante la Segunda Guerra Mundial. Yo estudié en Polonia, donde los copos de nieve se pegaban a los escaparates de las tiendas para ver objetos muertos, cadáveres en busca de una segunda oportunidad.

He dado un rodeo evitando Mundo Chuche. Nada me puede despistar del fin que me ha traído hasta aquí. La película empieza y ella aún no ha llegado. Hay muy poca gente en la sala. Pasa el tiempo, siento que ella no esté.

Alguien me rodea el cuello con el brazo desde la butaca de atrás. Lo hace demasiado fuerte como para ser una bonita sorpresa. Me susurra al oído: «Tienes mala memoria, chivato, y se te olvidan las deudas.» Es la voz de Corella, no hay ninguna duda. Al momento noto una punzada en el costado y una calurosa sensación de humedad.

Ahora ya sé que no va a venir. Ya sé también quién es su amigo policía.

Es una pena que no podamos ver juntos el final de esta película tan hermosa.